Magical Explorer 4

入栖
— Author
Iris

神奈月昇
— Illust
Noboru Kannatuki

マジカル☆エクスプローラー
エロゲの友人キャラに転生したけど、ゲーム知識使って自由に生きる4

「言っ語道断っですわっ！
あなたは私を怒らせましたっ！」
ギャビー
式部卿ベニート・エヴァンジェリスタの妹。成績優秀で美人だが、高飛車で負けず嫌い。優しい一面もある。

「部長兼編集長でツクヨミ魔法学園のアイドル、アイヴィだよ！」
アイヴィ
ツクヨミ学園新聞を発行する新聞部の部長。兎人族の女性で常にハイテンション。三会の役割を知っている。

「式部会は大変だろうけど、がんばってね」
桜《さくら》 瑠《る》絵《え》
ツクヨミ学園に立地する図書館の司書。学園に長く勤めており生徒思いで優しい。占いが好き。

マジカル★エクスプローラー

エロゲの友人キャラに転生したけど、ゲーム知識使って自由に生きる4

入栖

角川スニーカー文庫

22522

Illustration：神奈月昇
Design Work：杉山絵

Chapter Select　目次

Magical Explorer 4

006 一章 日常
014 二章 可能性の種
055 三章 三会
079 四章 これからの俺たち
103 五章 うぇるかむとぅしきぶかい
122 六章 それは危険なマシーン
133 七章 聖《ひじり》兄妹
162 八章 ダンジョン『約束の書庫』
192 九章 聖《ひじり》結《ゆい》花《か》
217 十章 その名はギャビー ガブリエッラ・エヴァンジェリスタ
232 十一章 謎
238 十二章 それはエロゲの主人公
250 —— あとがき

Illustration: 神奈月昇　Design Work: 杉山絵

Reincarnated as a Eroge Hero's Friend, I'll live freely with my Eroge knowledge.

瀧音幸助《たきおとこうすけ》

ゲーム『マジエク』に登場する友人キャラ。しかし中身はエロゲが大好きな日本人。特殊な能力を持っている。

リュディ《リュディヴィーヌ・マリー＝アンジュ・ド・ラ・トレーフル》

エルフの国『トレーフル皇国』皇帝の次女のお嬢様。ゲーム『マジエク』パッケージに写るメインヒロイン。

ななみ《ななみ》

ダンジョンマスターを補佐するために作られたメイド。天使という珍しい種族。

花邑毬乃《はなむらまりの》

ゲームの舞台となるツクヨミ魔法学園の学園長。ゲームではあまり登場せず、謎の多い人物だった。

花邑はつみ《はなむらはつみ》

花邑毬乃の娘で瀧音幸助のはとこ。基本的に無口で感情があまり顔に出ない。ツクヨミ魔法学園の教授。

クラリス《クラリス》

リュディのボディガード兼メイドのエルフ。真面目で主人に忠実で失敗を引きずりやすい。

聖伊織《ひじりいおり》

ゲーム版『マジエク』の主人公。見た目は平々凡々。だが育てればゲームで最強のキャラになった。

聖結花《ひじりゆいか》

ゲームパッケージに写るメインヒロインであり、伊織の義妹。ツクヨミ魔法学園に編入してきた。

加藤里菜《かとうりな》

『マジエク』ゲームパッケージに写るメインヒロイン。勝気な性格で貧乳を気にしている。

Character　キャラクター

Magical Explorer 4

モニカ

モニカ・メルツェーデス・フォン・メビウス

『生徒会』の『会長』を務める。『マジエク三強』の一人で、ゲームパッケージに写るメインヒロイン。

ステフ

ステファーニア・スカリオーネ

『風紀会』の会長職『隊長』を務める。法国の聖女。美しく心優しいため、学園生から人気があるが……？

ベニート

ベニート・エヴァンジェリスタ

『式部会』の会長職『式部卿』を務める。学園生から嫌われているが、エロゲプレイヤーからは人気が高い。

フラン

フランツィスカ・エッダ・フォン・グナイゼナウ

『生徒会』の『副会長』を務める。非常に真面目な性格の女性。雪音と紫苑をライバル視している。

水守雪音

みずもりゆきね

『マジエク三強』とも呼ばれる、公式チートキャラの一人。風紀会の副会長を務める。

姫宮紫苑

ひめみやしおん

『式部会』の副会長職『式部大輔』を務める。制服を着ずに常に和服を着ており、メインヒロイン級の強さを持つ。

ルイージャ

ルイージャ

ツクヨミ魔法学園の教師。お金にルーズであり、花邑家に借金がある。はつみの先輩であり、学生時代は一緒にダンジョンへ行っていた。

一章　日常

▶ » « CONFIG

Magical Explorer
Reincarnated as a Eroge Hero's Friend, I'll live freely with my Eroge knowledge.

かつて、これほど充実していることがあっただろうか？

ソロダンジョン攻略の反動か、得た経験か、それとも思いか。見える世界の日常が、より彩られて見えた。なぜ彩られているか、その理由はもうわかりきっていた。リュディが、先輩が、ななみが、姉さんが、皆《みんな》がいるからだ。

俺は世界を彩ってくれる彼女たちに渡さなければならな……渡さな……わた。

ちょっとまて。

「学園前の広場よりも、校門すぐのところに設置するほうがより注目度が高いかと」

「確かに……！」

「ちょっとまて」

「どうされましたご主人様？」

「こうすけ？」

真剣な表情の、ななみ、姉さん、そして呆《あき》れた様子で見るリュディ。

この状態にそこはかとない不安を感じたんだ。

結構真面目な話があったんだが、その話を切り出す前にしっかり確認しておくべきだ。

「一体何をしているんだ？」

見積書の文字とゼロがたくさん書かれた紙を前に、ななみと姉さんが話し合っている。

姉さんはいつも通りの顔にしか見えないかもしれないが、俺にはわかる。今は真剣な時の顔だ。

「いえ、前人未到の記録を打ち立てた記念に、銅像を建てようかと思っておりまして」

ほっ、なぁんだ銅像か。もっとぶっ飛んだ想像していたから少し安心した。

「ばっか、お前何言ってんだ、銅像とか恥ずかしいだろ。金の無駄だし、要らない要らない♪」

もちろん要らないけれど、銅像設置を検討するほどの実績を残せたって考えると、非常に嬉《うれ》しい。頑張った甲斐《かい》があったってものだ。

「喜んで頂けて非常に嬉しいです。像の名前は、ななみグランドスラムが良いでしょうか」

「お前の銅像かよ、俺じゃねえのかよ！」

記録打ち立てたのは俺だルルォ!?　何でななみの銅像を建てるんだよ。確かに見栄えは俺よりも良いだろうけど、そこは俺だろっ？

「ななみのは冗談、ちゃんとこうすけの銅像」

よかった、安心したぜ。さすがにそこは俺の銅像だよな。しかし。

「そっかぁ俺の銅像か、嬉しい。だけど普通に要らないかな」

「ただ、学園への設置許可は下りているのですが、なにぶん費用が……」

俺の話を聞こうか。というか。

「それが本当だったら、毬乃《まりの》さんに文句言わなければならない案件だな」

なんで許可下りてんの？

あの人って学園長と理事長兼任してる独裁者だからな。許可を取るならあの人だ。てかなぜ設置の許可出てるんだ。

「『学園長である私の像を、コウちゃんの隣に建てるなら、すぐに費用をだしても良いんだけど…』なんてほざいておりましたが、隣に建てるのは忠誠メイドである私《わたくし》であるべきでしょうに。もちろん拒否しておきました」

それならすぐに費用下りるんだ。あとで毬乃さんに文句を言う。絶対。

「とりあえずダメだ。銅像なんぞ要らないだろ」

ななみは小さくため息をつくとヤレヤレと首を振る。

「……せっかく計画したというのに……残念です。今のでななみポイントが五減りました」

「ななみポイントってなんだよ、ななみポイントって。まあいいや、ちなみに今何ポイント？」

「五億六千万ポイントですね」

「五ポイントとか誤差の範囲じゃねーか⁉」

お前五億六千万円持ってて五円玉無くなってて気が付くか？　絶対無くなったの気が付かないわ。

「心震える素晴らしいツッコミです、三千ポイント入りました」

「なにこの増加量、増える一方だぁ……」

「ちなみに百ポイントが上限値ですね」

「超限界突破してんじゃねえか⁉」

「照れますねぇ」

「褒めてねえし……」

むしろ褒められるのはポイントを溜《た》めた俺であるべきだし。

「こうすけ、安心して」

安心？　一切出来ないわ、嫌な予感しか無い。

「お姉ちゃんポイントも八億ポイント突破してるから」

やっべぇ二人そろうとツッコミ追いつかねぇ……お姉ちゃんポイントって何？　しかも『ちゃん』ってなんだよ、『ちゃん』って。前も『ちゃん』言ってたし、『ちゃん』で呼んで欲しいのか。恥ずかしいんだけど一度呼んでみるか。

「そっか……ありがとう、お姉ちゃん」

「!! 今お姉ちゃんポイント十億入った」

「今のでご主人様のななみポイントが五万減りましたっ」

「なんでっ!?」

「減ったのは冗談です……はぁ」

冗談っぽく聞こえないんだが。まあいいや。

それにしても……なんて言えば良いんだろう。日常がこちらに向かって全力疾走してきたとでも言えば良いのか。このアホな生活が懐かしい。一週間ダンジョンだったからな。

「話を戻そうぜ、リュディはどう思う？」

ひっそり話を聞いていたリュディに振ってみる。

「ゑ？」

話を聞いていなかったのだろうか、話を振ったリュディは困惑した様子で俺を見て、ほんのり顔を赤く染めた。

「りゅ、リュディポイントは、その、ね…………？」

「その、リュディ？」

「なななな、何よ？」

「なんでポイントの話してるんだよ、銅像だぞ銅像の話」

リュディは少し俯《うつむ》いたまま、なによそっちねと呟《つぶや》く。

「銅像は自己顕示欲が高くてどうかと思うわね」

おう、その通りである。すばらしいな、見積書持ってる二人に、もっと言ってやってくれ。

「デフォルメした人形とかだったら……」

「そうそう、デフォルメした人形だったら………って要らないわ！」

素晴らしいけど、どう考えても要らないだろ！　ななみの影響受けたのかな？　どうしてボケてしまった、それよりもツッコミに回ってくれ。

「そ、そうよね。冗談よ！」

「まあいいや、そういえば先輩は？」

「風紀会の何かがあるらしくて、毬乃さんと帰ってくるらしいわよ。何でも一年生が無謀な事をしでかす前に、色々対策しておかなければならないんですって」

へぇ、無謀なことをしでかすヤツね。そんなヤツいるのか……なんだか身に覚えがありまくるような。

「多分幸助《こうすけ》の所為《せい》よ」

「だよな。後で謝っておく」

「雪音《ゆきね》さんは気にしてないでしょうけどね。楽しそうにしてたし」

と俺らが話していると、またもや真剣な表情で話し合っているななみ達。

「……それで、ななみ達は何の相談をしているんだい」

「正直、目から鱗《うろこ》でした。デフォルメ人形を作るべきでしょう」

「欲しい、売れる」

「いや、売れないだろ」

俺のデフォルメ人形をほしがるヤツなんて……いるのか？　いないだろ。むしろ。

「リュディとか、姉さんとか、ななみのヤツを作ったほうが良い気がするが。俺欲しいし」

「わ、私の!?」

「お姉ちゃん……」

「デフォルメ以前にここに本体が有るではありませんか」

三者三様の反応だぁ。そして何が言いたいのか分らんのが交じってる。

「リュディとかすさまじい勢いで売れると思うぞ。ＬＬＬとかに」

実は写真とかが高値で取引されてるんだよな。

「ああ……」

なんだかすごく嫌そうな顔だ。そういえばＬＬＬを毛嫌いしてたな。

ななみは総合情報端末《ツクヨミトラベラー》を操作しながらああ、と呟いた。

「ご主人様の崇高さの分からない者共ですね。トイレットペーパーの代わりに紙やすりを入れてやろうかとも思案したこともあります」

「究極の選択を迫られる!?」

お尻《しり》血だらけになっちゃう！

「すれば良かったのに」

リュディも相当腹に据えかねているようだ。

不意にななみがツクヨミトラベラーの画面を姉さんに見せると、姉さんは興奮した様子で立ち上がり、ななみと部屋を出て行った。

「そういえば……」

俺が部屋を出ていく二人を見ていると、リュディからそう切り出された。

「さっきポイントの話してたじゃない？」

「ああ、してたな」

彼女は下を向きながら、なぜか少しだけ顔を赤くしている。そして髪を右手でいじりながら、急に明後日の方向を向くと、コクリと小さく唾《つば》をのんだ。

「その、ね。私にポイントみたいなのがあれば、幸助は、さ、最大だからっ！」

そう言ってリュディは勢いよく立ち上がる。

そして足早に部屋を出……出ようとして扉に肩をぶつけ、痛そうにしながら部屋を出ていった。

二章　可能性の種

上機嫌な毬乃《まりの》さんと同じく上機嫌な先輩が帰宅し、俺は夕食を食べると一直線にななみの部屋へ向かう。

そしてノックすると、ななみはドアを開けた。

「ご主人様、こんな夜更けにどうなさったんですか。さあ、早く中で暖を取ってくださいまし」

「ここは猛吹雪の山小屋かな？　半袖《はんそで》になる時期にさしかかっているんだが」

「ふざけるのはこの辺に致しましょう。こちらにいらっしゃった理由は消去法で察せられます……夜這《よば》いですね」

「どういう消去法したんだろうなぁ」

真っ先に消去されるべき選択肢では？　いや、エロゲでは必ずしもそうではないか。

「さて。それにしてもどうされたのですか？」

ななみに椅子を引かれたのでそこに腰掛ける。

「すまんな、まずはこれを見てくれ」

そう言っていくつかの種を取り出す。そして机の上にのせた。
一、二、三、四、五。ダンジョンで回収した五つの黄金の種。それを見たななみは小さく息をついた。
そして先ほどのボケボケの雰囲気から一転し、表情は真剣みを帯びる。

「……頑《かたく》なにソロ四十層一週間攻略をしようとしていたのは」

「ああ、これのためだ」

さすがダンジョンマスター向けメイドナイト。

種を見たななみは、これが何なのかすぐに分かったようだ。また入手法をも察したようだ。まあ一週間は関係ないが、訂正しなくてもいいだろう。

「すさまじいものをお持ちですね。一体どれだけのＤＰ《ダンジョンポイント》を……。これはダンジョンマスターでもめったに手を出さない代物ですよ」

「そうなのか？」

「ええ、そうです。まさかこれを入手するなんて。さすがですご主人様。ですが……ちょっとそこで正座してください」

そう言って満面の笑みを浮かべると、床を指さすななみ。

俺は床を見てもう一度ななみの顔を見る。

ななみは、いったん手を引っ込めもう一度、笑顔で床を指さす。

「ゑ゙、なんで？」

「いいですからご主人様は正座してください」

ななみが少し怒っているのは察せられたので、すぐに正座する。

「ご主人様。ご存じかと思われますが、こちらの種はですね、かなーりレアなアイテムです。私《わたくし》も驚くほどレアなアイテムでございます」

「は、はい」

「ソロ、もしくは四十層の数字を口にしていたことから推察するに、もともと入手の方法を知ってらっしゃいませんでしたか？　いえ、確実に知ってらっしゃいましたよね？　なぜ知ってらっしゃったか非常に気にはなりますが追及はしません。しかしです」

「しかし？」

「なんて無茶《むちゃ》をなさったのですか？　こればかりは看過できません」

ななみは笑顔であるはずなのに、笑顔ではない。いや笑顔ではあるんだ、だけどそこはかとない怒りが体全体から漂っている。

「む、無茶したかなぁ。そ、そんな大変じゃなかったし」

正座している理由は察せられた。なんとか誤魔化そうとそう言うも、あまり意味はなかった。

「例えばです、銀行が大切なお金をどこにしまいますか？」

「ま、まあ、セキュリティ強固な金庫だろうなぁ」

「ダンジョンも理屈は同じです。ダンジョンの価値を上げるために『可能性の種』を設置するとしましょう。しかしダンジョンマスターはなるべく取られたくありません。では、どうやって設置するか」

　ダンジョンの価値とかあるんだな……まあ藪蛇《やぶへび》か、困らせることを聞くことになりかねないから、聞くのはやめておこう。

「え、えっとセキュリティを強固にする」

「その通りです。ツクヨミ学園ダンジョンについては調べさせていただきました。正直申し上げますと、ご主人様なら三十層ぐらいが丁度よく、その先はちょっと辛《つら》いのでは、なんて思っていました。ですが……」

「ですが？」

「ご主人様のことですから、なんらかの方法で攻略するとも思っておりました。しかしです」

　ななみはジト目でこちらを見る。

「そんな生易しいものではなかったはずです」

　実はななみの言うとおりである。弱体化させることができたし、不思議なトランス状態になっていたから倒せたが、イカロスはあの階層に出現していいボスなどではない。火の弱点でなんとか押せたが、本来なら八十層に出現してもおかしくないモンスターだ。

「分かりますか、よっっっぽどですよ、よっぽどのことがないと入手できなかったはずです。私《わたくし》の予想ですが高難度の迷路型フロア、罠《わな》フロア、高位ボスなんかがいませんでしたか？　絶対に何かがあったはずです」

「……」

おっしゃる通り過ぎて何も言えない。

「なぜ戻ってこなかったのですか？　ご主人様の体は一つしかありません、ご自身を大切にしてください……それでも行かれたいのなら、せめて私《わたくし》を連れて行ってください……お願いします」

それは突き刺さるような言葉だった。今までななみと色んな言葉を交わしてきたが、その中でも一番自分にのし掛かるような言葉だった。

「……悪い。気をつける」

俺の言葉を聞いて彼女は脱力し、フッと笑う。

「本当にお願いいたします。……まったく、もし亡くなったらはぐれメイドを一人生み出してしまうのですからね。しっかり理解してください」

「はぐれメイドって、なんだよ」

そう言って苦笑する。

ほかの人のメイドになれば、なんて言おうかと思ったがすんでのところで止めた。それは、言ってはならない。俺が黙っていると、ななみは俺をソファーに座らせ、頭を下げた。

「まあ、その、理解されているのなら、構いません。それと、申し訳ございません。言葉が過ぎました……。ご気分を害されたかと存じます。罰があるならなんなりとお与えください」

そう言うななみに、再び苦笑する。

「……なんで心配から言ってくれているのに、罰を与える必要があるんだよ」

「これでもメイドナイトの端くれです、本来はここまですることは許されないんですよ」

まあ正座とかさせてるもんな。まったくもって気にしていないが。

「じゃあ、許可するから……。これからも思ったことははっきり言ってくれ」

「……本当は口に出している時点で、商会に切られてもおかしくない愚行なのです。メイドとしては最悪です」

「じゃあこう言おう。言ってくれて、心配してくれてうれしかった。ありがとう。その商会からしたら愚行かもしれないけれど、俺からしたら最高の言葉で、君は最高のメイドだよ。出会う機会はないだろうが、あったら商会にそう言っといてやる」

そう俺が言うと彼女の目じりが少しさがり、はにかむような柔らかな微笑を浮かべる。

「まったく、ご主人様はそうやってポイントをためてくる。私《わたくし》でなければ危険でした。ときめきエターナルデスティニー間違いありません。なんとかコロリと落ちるだけで済みました」

「落ちてんじゃねえか⁉　しかもまたポイントがたまったのか……。今何ポイントだよ」

「そうですね、七百三億ポイントです」

「そうか七百三億かぁ、ななひゃくさんんん⁉　百倍以上じゃねえか、この短期間で何があった⁉」

「はつみ様に十億ポイント入れられたため、私《わたくし》も負けていられないと思い、ポイントを数百億ほど入れておきました」

「えぇ……それで入るのかよ……」

　ななみは口元に手を当て、くすくすと笑う。そんな彼女を見て、俺もつられて笑った。

「まあポイントはいいや。心配をかけた詫《わ》び、というわけでもないんだけど、これを受け取ってくれ」

　そう言って俺は可能性の種を一つ手に取り、ななみに渡そうとする。それと同時にななみの笑みが消え、目が鋭くなる。

「何をなさっているのですか？　ダンジョンマスターですら、価値あるものとして大切に設置するこれを、私《わたくし》にですか？　混乱されているのですか？　自暴自棄ですか？　いったん心を落ち着かせてください」

そう言って、ななみは俺の手をどけようとする。

「落ち着いているさ。考えに考えて、最初に考えたことが最終的な結論で落ち着いたんだ」

もちろんダンジョンに突入する前から使用方法は考えていた。

実の所、これをツクヨミポイントに交換して、何らかのアイテムをごっそり買うことも考えた。しかし、それよりも皆に使ってもらいたいと思っていたし、ダンジョンでその思いはより強くなった。

「ここまでこられたのは皆のおかげだと思っているし、ここから次のステップに進むためには、皆がいないと無理だ」

そもそも皆の強化イコール、俺の強化であろうと思っている。

俺一人ではいけない場所も、これから先たくさん出現するだろう。俺一人では倒すことが難しいモンスターも出てくるだろう。攻略したいイベントも一人では無理なものも多い。

しかしそういった場所にこそ、いいアイテムや良い狩場が有ったりもする。それに複数人で戦えば、効率の良い稼ぎが行える場所もある。

「ななみは予想したみたいだが、実は学園ダンジョンが結構きつかった。この先一人じゃ辛いであろうことをひしひしと感じたんだよ」

そう言うと、ななみはジト目でこちらを見る。口には出してないが、言いたいであろうことはすごく伝わった。

「す、すまん。それで、ななみには申し訳ないが、これから先も力を貸してほしい。だからこそもらってほしいんだ」

そう言って種を差し出す。ななみはそれを見て、やれやれと首を振る。

「何をおっしゃいますか。以前も申し上げたではありませんか。私《わたくし》のあるところ、ご主人様のあるところです」

彼女は立ち上がると、メイドらしいお辞儀《カーテシー》をした。

「いついかなる時も、私《わたくし》はご主人様のメイドであり、それは何が起きようとも揺るぎ無いことです」

ななみはそう言うと種を一つ手に取る。

「こうまでされては仕方ありませんね、いま私《わたくし》の全てを捧《ささ》げますね？」

思い重い思い重い。

「アホなこと言ってないで、普通に取ってくれ……」

「まあ、いいでしょう。ほかの人には渡されたのですか？」

「いや、まだだ」

俺がそう言うと、ななみは首をかしげる。

「一体どうして……私《わたくし》を最初に？」

「これから先、一番相談するだろうし、一番一緒にダンジョンに挑むことになるだろうからな。そう考えると、なんか悪いな。連れまわしちまって」

　ななみは古代語を理解しているし、あまり語れないだろうがダンジョンの知識がある。相談事は多いであろう。

　そして罠系スキルが充実してるななみにこそ、特にダンジョンへ来てもらいたい。必然的に声をかけることは多くなるだろう。また先輩やリュディは一応学園生で、何らかがあればダンジョン攻略に来られない可能性もあるし。

「そうですか、私《わたくし》への信頼度はすさまじい数字になっているであろうことが予想できますね……！」

「まあ、信頼しすぎて数値化出来ないぐらいだな」

　リュディや先輩たちも同じだが。

　ななみは目を見開き、酸素を求める金魚のようにパクパクと口を開いた。

「……わ、私《わたくし》も七百三億と申しておりましたが、実の所数値化できない特異的な数字がございまして、つまりエターナルな信頼が……」

「お前は何と張り合ってるんだよ」

　しかも何を言っているかまったく分からんぞ。

「まあ冗談は置いておきましょうか、それでご主人様は種をご使用されましたか」

「実はまだだ」

「では今二人で使用しましょう」

俺も自分用に取り出し、それを口に入れようとして……ななみに止められた。

「ご主人様は知っておられますか、実はこの種には食べ方があることを」

「……そんなのあるのか？」

「ええ、そうなんです。ご主人様はメイドに、メイドはご主人様に食べさせ合わなければならな……すごく胡散臭《うさんくさ》そうにこちらを見ますね」

「いや、明らかに嘘《うそ》だろ」

「貫き通せば真実になることもあります」

「いやそれ嘘だと認めてるじゃないか」

俺は手に取った種を飲み込むと、ななみも種を口に入れた。体に変化は……今のところない。

「大丈夫です、必ず効果は現れてくるはずです。それよりもほかの種をどうするか、です」

「ああ、自分とななみ、リュディ、先輩は確定として、あとは……クラリスさんか姉さんに渡そうかと思ってた」

「そうですか……妥当でしょうね」

「少し気になるのは姉さんかクラリスさん、そして毬乃さんに渡せないことか……」

「いえ、花邑《はなむら》毬乃こそ一番種が不要な人物です。アイツには私《わたくし》が話をつけておきますから、ご主人様はリュディ様たちに」

いつも思うが、毬乃さんにだけは敵対心むき出しだよな。

「分かった、じゃあこの後はみんなの部屋に行こうかな」

「夜這《よば》いの際は私《わたくし》も交ぜてくださいね」

「しないし、意味不明なことを言わんでくれ」

二人で行ってどうすんだよと突っ込ませてくれ。

何かを考えるななみをしり目に、ふと気になったことを聞いてみる。

「そういえばなんだが……」

「そういえば、ですか？」

「あの机の上にある紙が気になるんだが、あれは何なんだ？」

そう言って机の上にあった紙束に視線を向ける。

「ああ、あれですか？　デフォ……」

「デフォ……？」

「……デフォルト寸前のルイージャ様をどうすべきか計画を立てておりました」

「そいつは難しい問題だな」

学園のテストで満点を狙う方が楽に感じてしまう。

「でもさ、本当にそれだけか？　なんか人形とかいう文字が見えるような気が……しかもサイズとか……」

「！　さあ、善は急げです。種をつ……渡しに行って来てください」

「あっ、おい……」

俺は無理矢理《むりやり》ななみに押し出され、部屋から退出した。

そのまま毬乃さんの部屋に向かい、彼女の部屋の前でノックする。

「あら、どうしたのコウちゃん。夜這い？」

「どうしてこの家の住人はおかしな思考回路してるんですかね」

いや、とあるメイドと毬乃さんが異端なだけなんだろうけど。ある意味で言えば姉さんもか。

「冗談よぉ、それでどうしたの」

ななみは後で話をつけに行くと言っていたが、こういうのはどう考えても自分で言った方がいい。渡さないとなれば、特にそうだろう。

俺は毬乃さんの前に三つの可能性の種を出すと、毬乃さんはすぐに「あら」と声を出した。

「へえ、すごいものを持っているのね」

「ええ、持っているんですよ」

毬乃さんはそれを見て笑みを崩さなかった。それが何かを理解した上で、わずかな動揺すらしなかった。

「これが何かを理解して、驚かないんですね」

「いくつかあった予想の中では、一番大きいものよ。こう見えてもとっても驚いてるんですからね。冗談言う気はなくなってしまったもの」

「……驚いているように見えないんですが」

「驚いてるわよぉ？　まあいろんな意味で驚いているんだけど……」

「いろんな意味……？」

「いろんな意味よ。本当は今すぐにでも詳しく話してみたいんだけどね、私の一存で決められる問題ではないから」

答える気はない、と。

「それで？　話があるのでしょう？」

小さく頷《うなず》く。

「これを誰に渡すかで迷っていて」

「ふうん、確認だけど自分はもう使ったのね？」

「使いました。俺と、ななみが」

「へぇ……」

そこでようやく毬乃さんに驚きが見えた。

「ななみちゃんね……それで残りはどうするの」

ここにななみが居たら怒りそうな呼び方だ。

「それが話したい内容ですね。皆に渡そうかと思ってます」

「ふぅん、三つよね」

「ええ、三つなんですよ。三つしかないんですよ」

スッと毬乃さんの目が細くなる。

「あなたの考えを聞かせて頂戴《ちょうだい》。実は渡す相手はほぼ決めてるんでしょ？」

「まあ、ある程度考えてはいたけれど……よくわかりましたね。もう考えていたって」

「だってコウちゃんって、そういうのしっかり考えて、それから相談するじゃない」

まあ、相談する前にある程度の結論は出すのが普通だと思うが。まあ、それはいいや。

「それで種をあげる人なんですけど」

「うんうん」

「先輩とリュディは確定として、あとは姉さんかクラリスさんに。それで渡せなかった一人と、毬乃さんには後ほど入手したら渡そうかと」

そこまで話すと毬乃さんは頬《ほお》に手を当て、呆《あき》れたようなジト目でこちらを見た。

「まって……まだ入手するつもりなの？」

「ええ、入手するでしょうね」

いくつか入手経路はある。一番狙いやすいのはスサノオ武術学園イベントのダンジョンだろうか？　アマテラス学園イベントでも入手はできるだろうが、それはかなり先だし出来れば関わり合いたくない。伊織《いおり》がなんとかしてくれないだろうか。

また、すぐにでも行ける場所もある。ただ、先輩たちを誘ったとしても、学園ダンジョンソロ四十層より苦戦することは間違いない。またそれ以外にも入手できる場所はある。

毬乃さんは目を閉じると、目頭を押さえふぅと息をついた。少しして顔を上げるとにっこり笑う。

「ありがとう、コウちゃん♪　でもね、私には不要よ。なんせ、今の私は使っても意味がないから」

その言葉を頭の中で反芻《はんすう》する。使っても意味がない？　それは……。

深く考えようとするもそれは近づいてきた毬乃さんにハグされたことで、すぐに霧散した。

毬乃さんはすぐに体を離すとにっこり微笑《ほほえ》む。柔らかかった。

「私にくれようとしてくれたことは、本当にうれしいわ。それね、値段が想像もつかないほど高価なものなの」

「……そうなんですか」

「ええ、だからこそ受け取ってもらえず苦労すると思うわ。いっそのこと黙って飲ませるのもありかもしれないわねぇ」

「黙って飲ませるですか？　いや難しいでしょう？」

「その種ってそこまで大きくないでしょ？　何かに交ぜればいけるんじゃないかしら」

まあ、いけそうではあるが。

「もしカモフラージュが必要なら、私が何とかするわよ？」

「それはとりあえず保留で……あとは姉さんとクラリスさんのどちらかに渡したいんだけど……」

「ああ、そうだったわね。クラリスにあげればいいわ。はつみは……多分要らないとか、後でいいと言うでしょうね」

「……姉さんが？」

「私もはつみに渡すのは、あとでいいと思うわ」

「なぜ？」

「はつみがあまり強さを求めていなそうだからよ。まあ最近ちょっと考え方が変わってきてるようだけど」

確かに、強さを求めているようには、あまり見えない。

「それに、コウちゃんはまだ知らないかもしれないけれど、はつみはとても強いわ。クラリスや雪音《ゆきね》ちゃん、コウちゃん、リュディちゃん達皆が束になったところで、本気を出したはつみにはしばらく勝てないでしょうね」

　聞き間違いかと思った。

　姉さんに勝てない？　たしかに現状の先輩はマジエロ三強と呼ばれるほどの力を得ていない。仲間になった時点でクソ強いモニカ会長や、仲間になった時点から色々おかしい初代聖女とは違い、そこそこの強さだ。

　しかし現時点でもそれなりの強さがあるはずだと、俺は思う。九《く》頭《ず》龍《りゅう》をも使えるしそんな先輩が、クラリスさんと一緒に姉さんに挑んで負ける？

　確かに姉さんと何度か手合わせしてもらって、魔法の雨にさらされて負けたことはある。しかしそれだけでクラリスさん、先輩、俺、リュディに勝てるか？

「はつみは強いわよ？　冗談じゃなくて、本当に。私に比べたらまだまだだけど」

　姉さんはヒロインではない。だからこそゲーム内ステータスは分からない。

　いや、しかしだ。姉さんはゲーム中、伊織にあの魔法を伝授するという重要な役割を担っていた。あのチートとしか思えない魔法を。それを伝授するというのに、姉さんがその魔法を使えないのだろうか？　いやそんなわけが無い。

　そもそも姉さんは……。

「だから渡すならクラリスがいいと思うわ。受け取るかは分からないけれど。もしはつみが気になるなら先に聞いてみなさい」

「はい……」

考えることが多すぎる。毬乃さんのこと、姉さんのこと、そしてその二人に共通する花邑家のこと、そしてもしかしたら俺に関係があること。

「ああ、そうそう。夜這《よば》いの事なんだけど」

「はい……は？」

「はつみは最近は自室じゃなくて別の部屋で寝てることが多いらしいから、気をつけてね」

思わずため息をつく。

部屋に行ってもいないことが多いのよねぇ、とニヤニヤしながら言っていたが、知っていてわざと言ったのだろう。そうとしか思えない。

姉さんはたいてい俺の部屋にいるよ……。


それから少し話をして、毬乃さんの部屋から退出する。そして考えをまとめるため、いったん部屋に戻ろうと階段を上り、自分の部屋へ行く途中だった。ガチャリとななみの部屋の扉が開き、そこから姉さんが出てきたのは。

………ななみの部屋？

「あ、姉さん」

「ん」

姉さんは無表情だが、いつもよりどことなく眠そうで、部屋に戻ったらすぐにでも寝てしまいそうだった。ならば、先に姉さんに話してしまった方がいいだろう。

「姉さん、寝る前にちょっと話して大丈夫？」

「構わない」

「じゃぁ……ここじゃなんだし部屋に行こうか」

うん、と姉さんはすたすたと歩き、迷いなく俺の部屋の扉を開ける。そして椅子を陣取っていたシャチの人形マリアンヌをベッドに置くと、姉さんは飲み物を淹《い》れようとケトルに手を伸ばした。

俺は姉さんに俺が淹れるよと制止しながら、ふと思う。

あれ、ここ俺の部屋だよな。

リュディやななみもそうだが、部屋でくつろぐ彼女たちは、俺の部屋が自分の部屋になってないだろうか。まあ、良《い》いんだが……。

「話って何？」

姉さんにそう言われて、我に返る。

「そうだった」

カモミールティーを淹れて姉さんに出すと、俺は可能性の種を取り出す。

「きれいね、初めて見た」

「うん……可能性の種っていうんだ」

姉さんの表情が一瞬揺らぐ。

「すごい、良く見つけた。どこで？」

「うん、学園ダンジョンで……それで姉さんに謝らなければならないことがあって」

「謝る？　なに？」

姉さんとの会話で伝えたいことは、種を後で渡すから、今は待っていてほしい。それだけのはずだった。しかしその会話は多岐にわたっていった。

俺が伝えていたのは感謝だったはずだ。

姉さんは直接ではないけれど、いつも間接的に手伝ってくれたり、いろいろ面倒を見てくれたりもした。

その話をしている間に、不思議と話が弾んでしまい、いろんな話をした。姉さんの好きな映画、本。逆に俺の好きな映画、本なんか。

えらく長い道のりを経て「俺は姉さんにも種を渡したい。次に見つけたら必ず渡すから、待っていてほしい」そう伝えると、姉さんはほんの少し目じりを下げた。

カモミールティーを飲み干すと、立ち上がってゆっくり近づいて俺の隣に座る。

そして俺の首と頭を引っ張った。

「ありがと、でもお姉ちゃんは後でいい。さほど欲しいものじゃないから、別になくてもいい」

「え、でも」

「こうすけがいるから、なくてもいい」

そして抱きしめられながら頭を撫《な》でられていたが、やがて「寝る」と言って薄着になると、マリアンヌを抱えてベッドに入った。

胸と衝撃が大きくて呆然《ぼうぜん》と見送ってしまったが、ツッコミを入れさせて欲しい。

姉さん。そのベッドもマリアンヌも俺のだ。

自分の部屋を出て次に向かったのはリュディの部屋である。まだ彼女は寝ていなかったようで、寝間着姿のリュディが部屋から出てきた。

「どうしたのよ、こんな時間に？」

「いやぁ、ちょっとね」

リュディに座るよう促され、緑色のソファーに腰を下ろす。

リュディの部屋は、大体のものが彼女の好きな緑色に統一されている。カーテンも、ソファーも布団も。

部屋でくつろいでいたのであろう、リュディはそう言って本にしおりを挟み横へ置く。シンプルでありながら、フリルがかわいらしい白いネグリジェ姿のリュディは、なんだか妙に色っぽいのと同時に麗しさもある。

「渡したい物があって」

「渡したい物？」

「そう、渡したい物」

俺は手に持っていた袋から三つの金色に光る小さな種を取り出した。

「なに、これ？」

「ええと、食べるとおいしいお菓子……ごめん」

言っている自分自身で、それには無理があると思った。だんだんジト目になっていくリュディも同じ思いだろう。

「……そんなわけないでしょ？」

「そうなんだよなぁ」

「で、何なのよ。これ」

そう言ってひょいと種をつまむと、小さく息をつく。

「可能性の種っていうんだけど……」

光に当て反射する種を見ていたリュディは、俺が驚くぐらい、びくりとはねた。そして両目を見開きながら、まるで数億円の茶碗《ちゃわん》を抱えているかのように、優しく丁寧にテーブルの上に置いた。

「ちょっと、何持たせてるのよ⁉」

「いや、持たせてはいないんだが……」

持ったのは自分のはずだ。

「本物なのコレ？ 偽物をつかまされたとか？」

「ななみや毬乃さんがボケをやめて真剣になるぐらいには、信ぴょう性があるよ」

リュディの目が、いっそう険しくなる。

俺が続きを話そうとすると、彼女は手で俺を制止させる。

「……待って。少し落ち着かせて」

そう言ってリュディは目を閉じて深呼吸する。そして椅子の横に置いてあった本を目を閉じたままどけると、姿勢を正しながら座りなおす。彼女の一つ一つの行動が、どことなく気品があり、彼女が高貴な身分なんだなと再認識させてくれる。

リュディはゆっくり目を開く。

「いいわ、お願い」

「これ、リュディに貰《もら》ってほしいんだ」

「えっ？」

彼女は驚いて目を見開く。

「ちょっと待って！　幸助《こうすけ》が使用するのではなくて、売るのでもなくて、私に⁉」

『何考えてるのよ、馬鹿じゃないの⁉』だなんて幻聴が聞こえてきそうな顔だ。

「俺はもう飲んだ。実は五個手に入れてな。世話になった人たちにあげたいなと思って」

「まって、理解が追い付かない」

「リュディに貰ってほしいんだ」

俺はもう一度同じ言葉をリュディに伝える。

「お願い。まって。こんなの受け取れないわよ⁉　コレ一つに一体どれだけの価値があると思っているのよ。そもそも私なんて貰ってばかりなのに、こんな値段のつけられないものを受け取れないわ」

「でも、俺も値段のつけられないものをリュディから貰っていて、だな。それのお返しには全然足りないんだけど……」

「…………あげたかしら」

「貰ったんだよな。しかもすごく役立ってくれて……。いや、なんだか面と向かって言うのは恥ずかしいんだけど、やっぱ四十層って結構きつくて……」

「当然よっ！　雪音さんたちも言ってたわよ、普通は無理だって」

まるで俺は普通じゃないみたいな言い方だが、まあ、普通ではないか。

「いやぁ……実はさ、キッツいなぁと思ってる時にだな……。貰ったお守り見たら、なんだかよく分からん力が湧《わ》いて。これがなかったら三十層後半であきらめてたなぁと。大事な時に支えてくれた俺の宝物なんだ」

そう言って少しだけ不格好なリュディのお守りを取り出した。

そしてリュディの前で見せびらかすように、プラプラと揺らす。

「ちょ、ちょっと……まって。まってまって。な、なに言ってるのよ。とにかくしまって。すごく恥ずかしい！」

リュディは慌てて身を乗り出し、お守りを取ろうとする。しかし俺は宝物を渡すつもりはない。すぐさまリュディの手から逃れ、届かないところで見せびらかした。

「実は俺も恥ずかしい」

「馬鹿っ。なら、しまいなさいよ。そもそもだけど、それにそんな価値なんてないわ！生地とかは雪音さんからもらったものだし、原価にしたら高いラーメン一杯にも及ばないわよ！」

「いや、そのだな、確かに元値は安いのかもしれないけれど……物の価値ってそういうのじゃないだろ。だから、俺にとってはこの種より大切なものなんだ」

彼女は顔が真っ赤だ。でも俺も赤くなってると思う。

「だから、こんな種でしか返せなくて悪いんだけど、もらってくれないか？」

「こんな種ってあなたねぇ……私は指輪のお礼だってできてないのに」

　未《いま》だ顔を赤くしているリュディは、まだ種を受け取ることを渋っている。

「なあ、リュディ？」

「なによ？」

「俺さ、学園ダンジョン行く前にさ、言ったじゃん」

「何を？」

「これから先一緒に来てほしいって。それでさ……ちょっと反論とかいったん置いておいて、最後まで俺の話を聞いてほしいんだけど、いいか？」

「なんだか不安になるようなことを言うわね。いいわよ」

「それでさ、俺の目標の一つに学園ダンジョンの完全制覇があって」

　リュディは何も言わずにうなずいた。

「完全制覇にあたって絶対に必要だと思っているのが、みんなの力だと思ってる」

探索面でのトラップ検知だとか、戦闘面での遠距離魔法、援助魔法、回復魔法はもちろんだ。でも、それだけではない。精神的な面でもだ。

「それで、申し訳ないんだがリュディには、その、できればずっと一緒に来てほしいんだ」

「申し訳なく、ないわよ。ついて、行くわよ」

「ありがとう。まあ、もう少し話を聞いてくれ。それでな、確かにリュディは種なんかなくても強いし、今後さらに強くなれると思う」

実力をどんどんつけていくリュディを見て、よりそう思う。だけどもし模擬戦とかで戦うことになったら負けるつもりはないが。

「でもさ、俺は皆《みんな》でダンジョンを攻略するんだからさ、やっぱり皆が少しでも強くなってくれればいいなって思うんだ。それは先輩とか、ななみとかもなんだけど」

リュディが可能性の種を使用することによってでる効果は、能力値の限界を取り払うだけではない。回復魔法、補助魔法にも適性が生まれるし、それ以外にも使えるようになる魔法が増える。

より強くなることは間違いない。

「こういうのって持ちつ持たれつだろ。それにさ、なによりさ……」

「なにより？」

「………リュディと一緒に可能性を得て、一緒に強くなりたいなって。ダンジョンの最深部を一緒に行けたらなって」

「……バカ、分かったわよ」

そういって、彼女は種を手に取ると俺を見る。

「私も幸助ほどじゃないけど強くなりたいとは思っていたし、何より」

何らかの魔法をかけられたかと思った。

リュディは目を少しだけ細くして、優しい微笑を浮かべていただけだった。

でもその彼女は、自分しか愛せない呪いを受けたナルキッソスでさえ恋に落ちるような、不思議な魅力にあふれていた。

「一緒に見てみたいから」

リュディは種を飲み込んだ。

心臓がこれ以上ないぐらいドキドキしていた。ただ、なんだか恥ずかしくて、とりあえず何事もなかったかのように装い「これからも、よろしくな」と言う事しかできなかった。

リュディも恥ずかしかったのだろうか、視線を外し、未だ赤い顔をそらした。

暴れる心臓を悟られぬよう平静を装いながら、少し俯《うつむ》き気味のリュディを見つつ、そういえばと話を切り出す。

「……リュディ」

「……なによ？」

「週末、ラーメン食べに行こうぜ。駅のとこ」

「…………そうね、幸助のおごりよ」

「あとさ、明日訓練終わったらさ、リュディにマッサージしてもらいたいな。もちろんタダで。ラーメンおごるからいいだろ？」

「ふふん、私のマッサージね」

少し得意げにそう言うと満面の笑みを浮かべながら俺を見る。

「してあげてもいいけどね。それはそれ、これはこれよ。ちゃんとカップラーメン一個出しなさい」

どんだけラーメン好きなんだよ、と思わず吹き出してしまった。それを見たリュディも、なによと笑い、しばらく二人で笑っていた。

最後に向かうのは先輩の部屋である。いつの間にか出来ていた先輩の部屋である。

「粗茶ですまないが」

そう言って先輩はお茶を出してくれる。漆塗りの茶托《ちゃたく》の上には、不格好でありながら完成された茶碗が置かれている。

一口飲み、その柔らかな苦みを堪能《たんのう》して小さく息をつく。

話があると、俺が先輩の部屋を訪ねると、先輩は快く部屋に入れてくれた。

いきなり来たというのに、それも頼んでいないのに茶を出してくれるあたり、先輩らしいといえばらしい。

「ふふ、楽にしていいぞ」

そう言われて、すみません、と座布団の上で座りなおす。

先輩の部屋は俺がダンジョンに行く前はかなり殺風景だった。ただ、日に日に荷物が増えていったのだろう、急速に生活感が出てきている。

今座っている置き畳や座布団も以前来た時にはなかったはずだ。

「これか……実はななみが用意してくれた。いや、確かに欲しかったのだが、気が付いたら敷かれていたのだ……欲しいと話していないはずなのだが」

俺が座布団や畳を見ていたからだろうか、先輩は畳を撫《な》でながらそう言った。

普段は、真顔でダブルピースしながら迫ってくるような彼女ではあるが、一応有能である。それはダンジョン外でもだ。

「瀧音《たきおと》は用があるんだったな。実は私も用があってつい先ほどお前の部屋へ行ったのだが……」

ああ、とうなずく。

「すいません、誰も出ませんでしたよね。俺、毬乃さんやリュディとかの部屋に行ってたから」

「いや……そのだな……眠そうなはつみ先生が出てきた」

………。

絶句。思わずため息をつき、頭を押さえる。

「その……君がはつみ先生とどういった関係なのか……いや、その聞いていいことなのかわからないのだが、その、でもやはり気になって……」

「いえ、先輩は俺がソファーで寝ているのを見たことがありませんか？」

狼狽《ろうばい》していた先輩が、一瞬固まる。そしてあ、ああ、と声を上げた。

「そ、そうか。いろいろ察した。大変なのだな」

「慣れました」

たまに一緒に寝ていることは言わないでおこう。

「な、なんなら私の部屋を使ってもいいぞ。わ、私は布団に慣れているし、こちらに敷けば」

「すいません、気を遣わせてしまって。大丈……」

ん、ベッドを使っていい？

「ゑ？」

「ああ、構わないぞ」

ちょ、ちょっと待て。それは本当にいいのだろうか？

先輩の色っぽくてセクシーでエロスで煽情《せんじょう》的でどこか崇高的であふれ出んばかりの魅力が詰まった巨峰を、ランニング中ついつい目で追ってしまう白く美しいうなじを、非常に張りがあって形が良く大きさの丁度いい尻《しり》を包み込んだであろうこの布団に、先輩の匂いがうつったこの布団に、私のような紳士を招き入れることによって、崇高なる先輩の……。

「瀧音、瀧音！」

「はっ！」

「ど、どうした。目がこの世を見ていなかったぞ!?」

「あ、いえ。な、何でもないです」

　落ち着こう。

　先輩は普通に気を遣って言ってくれているだけだ。

　しかし俺が先輩のベッドに入ったらいろんな意味で眠れない。てか近くで先輩が布団を敷いて寝ているのであれば、脳内に登場する羊が一億を超えてもおかしくはない。

　永遠のような時間を過ごし、朝日を浴びるまで悶々《もんもん》とすることは間違いなく、充血した瞳《ひとみ》でダンジョンやらへ向かうことになる。

　さすがにそれはまずい。

「すいません、ありがとうございます。でも大丈夫です。片腕を失ってでもお借りしたい所ではありますが……やはり先輩にご迷惑をお掛けする訳にはいかないかと」

「君はどれだけ追い詰められてるんだ？」

「いえ、大丈夫なんです」

　むしろお借りした方がいろいろ大丈夫じゃないんですけど、お借りしたいのは山々で、でもそれじゃ大丈夫じゃない感じだろうか。うん、自分でも意味分からん。

「まあ、いつでも言ってくれ。それでだ、瀧音。お前の用から済ませよう」

「ああ、そうですね。先輩に貰《もら》っていただきたいものがあって」

俺は先輩に手を出してもらうと、その手の上に黄金に輝く種を一つ置く。

「……これは？」

「先輩なら、聞いたことがあるかもしれません、これは可能性の種と……」

「待ってくれっ！」

先輩は慌てて俺の手に種を戻そうとするも、俺は手を背に隠す。

「一体どういうつもりだ、このようなものを私に渡すなんて」

「先輩、今回のダンジョンをソロで潜った理由です」

先輩は種を見て俺を見て種を見て頭を抱えて、視線をあちこちに移し不審者のようになっていた。リュディもそうだったが、コレが種に対する一般的な反応なのだろう。

「まてまて、これはお前が努力して得たものであろう？　なら自分で使うんだ」

「もうすでに自分には使いました。ただ、一度に数個手に入れたんです。だからお世話になったリュディや先輩にどうしても貰っていただきたくて」

「……一等地に城が建つのではないか」

そんなに価値があるものなのか。

「じゃあ、俺の持ってるこれは、それをはるかに軽く超えますね。値段なんてつけられない」

　そう言って俺は先輩からもらったお守りを手に取る。

「ば、馬鹿者……それにそんな価値なんてないぞ」

　そう、思うだろうか？　いや俺には思えない。

「いえ、俺にはあるんです。これに比べたら、こんな種をゴミ箱に投げ捨てたっていいぐらいの価値が」

　俺がそう言うと先輩は嬉《うれ》しいのか恥ずかしいのか、それともどちらもだろうか、顔をすこし赤くして手の甲で口元を隠し、視線をそらした。

「値段をつけられないもので、貰ったのはこれだけじゃないです。戦ってる最中での一つ一つの動きだってそうです。先輩やクラリスさんの教えがとてつもなく生きてたんです。二人がいなかったら攻略できなかっただろうなって」

　最悪、帰って来れなかったかもしれない。

「もちろん協力してくれた、ななみやリュディにも渡しました。先輩にも同じです」

「しかし……」

「先輩。自分にとって先輩がしてくれたことは、一等地に城が建つレベルのものではないぐらいに、自分の力となりました。だから、ありがとうございます。むしろ、足りないのかもしれませんが、これを貰ってください」

先輩は真剣な表情のまま手にある種をじっと見つめる。

「本当に、これを私に渡して後悔しないのか？」

「はい、どうしても先輩に貰ってほしいんです」

先輩は小さく息を吐くと天を仰ぐ。そして真剣な表情でこちらを見るが、顔は赤くなったままだった。

「瀧音、お前最強になりたいって言ったな？」

「ええ、言いました」

「いいのか？　私に渡して」

「ええ、もちろんです。俺は先輩に強くなってもらいたい」

確かに負けるかもしれない。だけど俺の目的はそうじゃない。

本当の目的はハッピーエンドだ。出来ることなら伊織やカトリナ達クラスメイトにも、三会メンバー全員に渡したって良《い》いくらいだ。

何よりもだ。

俺は三強であり最強の一角である水守《みずもり》雪音こそ、最高の水守雪音だと思っている。そんな大好きな先輩を……。

「俺は越えて、最強になります」

何かを真剣に考える先輩を見て、なぜだか何かを言わないといけないような気がして、とりあえず口を動かす。

「それに……ほ、ほら、打算もありますし……これをあげれば一緒にダンジョンへ来てくれるかなっていう……それに修行手伝ってくれたりとか……」

「もらわなくても行くつもりだったさ、言われなくても手伝うつもりだったさ。お前が願えば」

先輩はじっとその種を見つめる。

「大きな、とても大きな借りを作った気分だよ……」

「じゃあ、これで相殺ですね。俺も大きな借りを作った気分でしたから」

そう言ってお守りを取り出す。

「ばかものっ、そんなものと比べ物にならない」

「確かに比べ物になりませんね、こっちの方がはるかに価値がある。大切な大切な俺の宝物です」

「……ほんっとうにお前は」

先輩は頬《ほお》を染め視線を外すと、手の甲で笑みを隠し、絞り出すような声でそう言った。

それから少しして、先輩は種を飲み込んだ。

そして俺に向かって浮かべた笑みは、幸せそうな笑みだった。見ているだけで体中が満たされ、それどころか感情があふれ出そうな笑みだった。

幸せそうな先輩を見て、俺もまた幸せだった。

「これからよろしくお願いします、先輩」

「ああ、ついてこなくていいと言ってもダンジョンへついて行ってやる。これからビシバシしごいてやる。あとは……」

「あとは？」

「お前は私を抜いて最強に至るかもしれない。でも、簡単には至らせてやらないからな」

それは彼女の宣戦布告だろう。回答はもちろん。

「望むところです」

先輩と笑いながら見つめ合う。それはとても心地よい時間だった。

じっと先輩を見ていると、はっと表情を変えた。

「そうだった。私も……瀧音に用事があるのだ」

「そういえば言ってましたね」

そして姉さんと邂逅《かいこう》してしまったと。

「まあ、渡すということに関して言えば、君と全く同じ事だ」

「渡す？　何をですか？」

「ああ。君からもらったものに比べれば、まったく価値のないものかもしれないのだが……」

「あのですね、先輩」

と、お守りを見せる。

「わ、わかった。そ、その。恥ずかしいからしまってくれ。な、なんでそんな大切そうに胸ポケットにしまうんだ！」

「もちろん、大切なものですから」

すこしして先輩は小さく咳払《せきばら》いするも、顔がすこし赤いままだった。

彼女は懐に手を入れ、上品な紫色の布を取り出す。そしてそれを開くと一通の手紙が出てきた。

「これは？」

その手紙を受け取った俺はクルリとその便箋《びんせん》をひっくり返す。

そして描かれていた魔法陣と学園のマークを見て、手がすこしだけ震えた。

非常に残念ではあるが、先輩からのラブレターではなかった。それに比べたら、おこがましいぐらいどうでもいい物であった。

しかし俺が欲していた物である。

手紙の裏に描かれていた魔法陣に手を触れ、魔力を送る。

すると生徒会、風紀会、式部会それぞれのシンボルマークが空中に浮かびあがり、手紙がひとりでに開封された。

そして一枚のカードが飛び出すと同時に、先輩が口を開く。

「おめでとう、瀧音幸助。君は選ばれた」

まさかだ、まさか、このセリフを現実で聞けると思わなかった。ゲームでは三会副会長職の誰かが同じことをするのだが、一番接点のある水守先輩に託したのだろう。何度も聞いていたから、文字スキップをしてしまうぐらい聞き飽きた、どうでもいいセリフでもあった。

しかしこのセリフが、この手紙が、今はこれほど嬉しいと思うとは。

「ようやくここまで来たか……」

そのカードには何かが書かれているようだが、読まなくても内容は分かっている。

三会からのラブコールだ。

▶ » « CONFIG

三章　三会

Magical Explorer
Reincarnated as a Eroge Hero's Friend, I'll live freely with my Eroge knowledge.

「想像以上に旨《うま》くいきましたわね……」

「発案者が一番驚いてるってどういうことだよ」

俺がそう言うとまるでお嬢様のような口調のリュディは苦笑した。

彼女が今猫を被るのは仕方ない。今は登校時間で辺りには学生達がいるのだ。先ほどからこちらをチラチラ見ている者を見かける。ただ注目を集めているのはリュディよりも俺であるかもしれない。

「でも普通にやろうとしたら絶対拒否するもんな」

「多分私が命令しても駄目でしょうね」

その見解が一致したのは、俺とリュディだけではなかった。面白いことに、姉さんも、毬乃《まりの》さんも、そしてななみも先輩もだった。ただ行動に移すとなれば先輩が少し渋っていたが、致し方ないだろうなと最終的には納得した。

準備に関しては皆がノリノリだった。特に毬乃さんは半分遊んでいたに違いない。ただ毬乃さんが一番重要な役をこれ以上なく完璧《かんぺき》にこなしてくれたから、大成功したのでもあるが。

「まあ、もう少し大変かと思いましたが……最終的に私はこうなるかと思っておりました……どうされました？」

「いや、まあね？」

口調にも行動にも違和感しか覚えない。彼女も俺の反応で察したのだろう。

学園にしばらく行って無かったから、お嬢様モードのリュディを見るのは久々だ。ここ数日はダンジョンだったから誰にも会ってなかったし。

「でも、実際されたらどう思う？　苛立《いらだ》たないか？」

「時と場合による、のではないでしょうか。今回は最終的に感謝されると思います」

「私《わたくし》もリュディ様に同意です」

斜め後ろをついてくる、ななみがそう言った。

「私《わたくし》が仕入れた情報によりますと、急激に成長しているご主人様とリュディ様を見て焦っておられるようです」

「私にはそのようなこと一言も口にされませんでしたが……」

リュディは少し眉《まゆ》を下げ、不満そうにそう言った。

いや、もし本当にそれで悩んでいるなら、リュディにそれを言うことはないだろうと思う。心の中に秘めているはずだ。にしても、どうしてななみはそれを知っているんだろうか？　先輩の時も疑問に思ったんだが、ななみの情報源は謎だ。

「お前はどうやってその情報を仕入れたんだ……？」

「ええ、果実酒で当人をお誘いし、酔いつぶしてからは何もかもが一撃でした」

なるほどな。果実酒に弱いと。『何もかも』『一撃』が気になりすぎるが、なるべく意識から除外して忘れよう。

「愚痴を聞いてあげる程度なら良いが、あまりやりすぎないように」

ななみは近頃すさまじく有能なんだけど、たまに変なことやらかすからな。ここはびしっと――

「ご安心ください。好みの男性とスリーサイズはしっかり聞いております」

――びしっとご褒美を出さなければならない。なんてすばらしいメイドなのだろう。世界のどこを探したって、ななみ以上に素晴らしいメイドはいなっ……。

「グッ……」

「瀧音《たきおと》さん、もうすぐ学園ですよ」

「はい……」

リュディさん。もちろんジョークですから。その、腹に肘《ひじ》はダメだと思います。

そのまま敷地内に入り注目を集めつつ教室へ行く。そしてドアを開けて教室へ入るとクラスメイト達は驚愕《きょうがく》したり俺を二度見するやつもいた。

「瀧音がいるなんて、明日《あした》大雪でも降るんじゃね？」

第一声がそれか。オレンジは俺の顔をまじまじと見てそう言った。

「おいおい。それ、どういう意味だよ」

「だってよ、ここ最近授業でまったく見てないぜ？」

「確かに教室では見ないね……僕はたまにお昼を一緒にしてたから皆よりは会ってるんだけど……」

まあ、確かにそのとおりである。テストが始まってからもその前からも、授業という授業を大体さぼった。学園に来るとしても昼の時間か、ダンジョンへ行くかぐらいだ。

今日も午後から予定が無ければ、学園に来ないでダンジョンに潜っていたかもしれない。

「まあ、だからって幽霊を見るような目で見るのはどうかと思うぜ」

と俺がわざと声を大きめにして斜め前を見ながら言う。ボブカットの彼女は振り向いてごめんごめんと両手を合わせて笑っていた。

ほんと、感謝しかない。こんなくだらない日常を享受できているのは、間違いなくリュディや伊織《いおり》のおかげだろう。この場所以外では注目の的だ。

学園を歩けば道ができ、一年からは避けられ、二、三年からは「あれがそうなんだろ」

なんて言われ、LLLメンバーらしき人からは畏怖と嫉妬《しっと》と羨望《せんぼう》の混ざった視線を受ける。

またそれ以外にも……、チラリとななみを見つめる。

ななみは無表情でリュディの横に立っているが、こちらの視線に気が付くとウインクする。彼女は気を利かせたのだろう。俺が男子たちと話している最中は、その場から離れてくれた。そして、いつの間に仲良くなったのか、リュディだけでなくカトリナ、いいんちょ等マジエロヒロイン達と普通に会話している。

そんな彼女、ななみにファンができたのはつい最近のことだと思う。

道すがら、ななみを見てため息をつく男子生徒を見かける。

確かにななみは美しい。その絹のような銀髪に、見る人によってはリュディをも越えるであろう美貌《びぼう》。姉さんほどではないが胸も大きいのに、体は引き締まっており、さらにぷっくりとした形の良い尻《しり》という抜群のスタイル。

そして何よりメイド服。そのメイド服によってそれらすべての魅力が底上げされている。

そんな彼女に目を奪われてしまうのは仕方ない。そしてその彼女のご奉仕を享受する俺に羨望の視線を投げてしまうのもまた仕方ないだろう。

いくつかある面倒な視線が教室まで続いたら、間違いなく辟易《へきえき》していたに違いない。ある程度は無視できるものの、この狭い空間の中で、それが続くことを考えると特にだ。リュディは慣れるわよ、なんて言っていたがその悟りを開くのはいつになるだろうか。

「あっ、瀧音君。そういえば、気になってたんだけど……」

先ほどのボブカットの子が様子を窺《うかが》うようにそう言う。

「どうした？」

「瀧音君って、その、花邑《はなむら》学園長と親戚《しんせき》って……本当？」

「あ、それ私も気になってました！」

俺は少し驚きながらも、会話に交じってきた彼女を見つめる。

伊織の義妹《いもうと》、聖《ひじり》結花《ゆいか》。ぱっちりとした目。髪を片方結っており胸はそこそこで、仕草は小動物的。

「あれ、結花？」

いつの間にここに？　と問う伊織だが結花はまあまあと話を流す。

「お兄ちゃんも気になってたんでしょ？」

まあ、うん。と伊織は苦笑する。

「花邑家のことか。別に隠してたわけではないんだが、実は母が毬乃さんのいとこなんだ。旧姓は花邑だよ。姉さん、じゃなかった、はつみ先生ははとこになるぜ」

マジで、とばかりに両目を見開き興奮した様子の結花に、なんだか微妙に引いているクラスメイト。

「姉さんって……お前、マジでいいとこのお坊ちゃんだったんだな」

MARRIED WOMEN
NTR

オレンジがうらやましそうに俺を見る。

目をきらめかせながら、すごいすごいと連呼する結花。

彼らの話を聞くに、どうやら俺は蝶《ちょう》よ花よと育てられたように思われているらしい。しかしそれはリュディであって、瀧音は激動の人生を歩んでる。実感はないが。

しかし、わざわざ言うべきでもない。両親が死んだ話もしなければならないだろうし、毬乃さん宅でお世話になってることも話さなければならないし、場合によってはリュディと同棲《どうせい》している事もばれてしまうかもしれない。

「ねえ、瀧音君。何か奢《おご》ってよ？」

ボブカットの彼女がそう言うと、俺はもちろん首を横に振る。

「おいおい、どうせならダンジョンで稼げよ……おすすめ教えるから」

「えっほんと？　それでもいい、すごくうれしい！」

何か貰《もら》えることは期待していなかったのだろう、驚きながらそう言った。

「なんなら、どう自分を成長させたいか教えてくれれば、訓練メニューも考えてやってもいいぜ。めっちゃきついけどな！」

「それ、私もしてほしいです！」

追随して、結花もそう言う。

かわいらしく、にまーっと笑いながら俺の腕を引っ張る。すごく当たってる、マジで当たってる、でももっと当ててもいい。

「いいですよねぇ？」

「まあ、いいぜ」

もちろん良いに決まってる。

ただ同時に疑問もある。

なんでまた彼女は俺にこんなにアプローチが激しいんだろうか？　確かに結花は瀧音に対してほかのヒロインたちよりも扱いがマシであった。しかしこんなアプローチされるキャラだっただろうか？

原因は何だろうか？　ゲームの瀧音と、今の俺とで違うこと……。かなりいろいろある。特に大きいのは学年一位、花邑家あたりだろうか。だがこれらを加味すれば、この対応も十分納得がいく。

「僕達はもうたくさん教えてもらってるからなぁ……ねえ、オレンジ君」

「だなぁ、前行ったダンジョン、あれ幸助《こうすけ》が教えてくれたとこだろ？」

「おう、どうだった？　狩りやすかったと思うんだけど」

「すっごく良かったよ！」

目をキラキラさせながら、嬉《うれ》しそうに言う伊織。

「そ、そうか」

適当にダンジョンを紹介しただけなのにこうまで嬉しそうにされると、なんだか照れるな。次はもっと良いダンジョンを紹介してやらないといけないな。

「そういや今日の午後はどうするんだ？　ちっとばかり相談に乗ってほしいぜ」

そう言うのはオレンジだった。何かで伸び悩んでいるのだろうか？　話を聞くのは構わないが。

「ああ、すまんが今日は行かなきゃいけないところがあるんだ」

「マジ、どこだよ？」

「月宮殿《げっきゅうでん》だ」

さすがにオレンジもこの場所のことは知っていたか。

一人を除いて皆が驚愕しているのを見るに、俺の状況を察したのだろう。

この状況を見て思ったが……今のうちに根回ししておいた方がいいな。

「え、月宮殿ってなんですか？」

唯一理解していない結花は首をかしげながら聞いてきた。

「結花。実はこの学園にはね、大きな力を持つ集団が三つあるんだ。生徒会、風紀会、式部会の三つなんだけど」

そう答えたのは伊織だった。

「これら三会はね、学園生で特に実力を持った人しか入れない特別な会なんだ」

「へえ、そんなのあるんだ」

「うん、それでね……」

伊織の、近くのクラスメイト全員の視線が俺に集まる。

「月宮殿ってのは、その三会メンバーの本拠地。一般生徒は基本入れないんだ」

ツクヨミ学園月宮殿は基本的に三会メンバーしか入ることのできない、特殊な場所である。一部フロアは許可を得た一般生徒も入ることはできる。しかしその月宮殿の奥にまで進むことができるのは、三会メンバーと一部の教師だけだ。

もちろん見たことも行ったこともない。ゲームでは何度も行く場所ではあったのだが。いきなり行けと言われても、迷わず行けるか怪しい。だからこそ案内を申し出てくれたのだろう。

「お待たせしました、先輩」

「いや、五分前じゃないか。私もつい先ほど来たところだ……それで」

先輩の視線はななみにいく。当然の疑問である。だって俺も驚いたもの。

「絶対に参ります」

「らしいんですよ、しかも毬乃さんの許可を得てるっていう……」

俺がそう言うと、ななみは胸の谷間に手を入れ学園の紋章の入ったカードを引き抜く。ゲームでも見たことないし、この世界に来てからも見たことがない物だった。

……てかお前どうしてそこに入れていた？　しかもとるときわざと俺に谷間見せつけたよな。アニメとかにあるお色気キャラのマネなんかしなくてもいいんだぞ？

ただ、すごくエロくて最高だった。

「ははは……なら問題はないか。まあ私もいるし、大丈夫であろう。早速だが向かおうか」

苦笑する先輩の後をついて、俺とななみは転移魔法陣の中へ入った。

そこは小さな宮殿とでも呼べばいいだろうか。

美しい花々が咲き誇る庭があり、その中心には噴水が置かれ、近くには白いテーブルと椅子が設置されている。

先に花邑家に来ていたおかげで、さほどの驚きはなかったものの、一般生徒が来たら圧倒されるに違いない。

先輩に促されるがまま、俺とななみは宮殿内に足を踏み入れた。きらびやかな装飾の施された廊下を歩きながら、小さく深呼吸する。そして両手を握っては開きを繰り返し、少しでも体に入った余分な力を抜いていく。

少し歩いて、先輩は学園の紋章が描かれた大きなドアの前で止まった。

俺がもう一度深呼吸をしていると、ふいに肩をたたかれる。反射的に振り向くと、俺のほっぺたに小さな痛みが走った。

どうやらななみの指が俺の頬《ほお》に食い込んでいるらしい。

勝ち誇った笑みを浮かべるななみに、思わず苦笑する。

「瀧音」

ななみへ何かを言う前に、今度は先輩に呼ばれそちらを振り向く。

するとどうだろうか、頬に小さな痛みがあるではないか。どうやら先輩の指が俺のほっぺたに食い込んでいるらしい。

「先輩もですか……」

もう、笑うしかなかった。

正直に言えば少し緊張していた。この場所の雰囲気と、これから起こるであろうことを想像して。だから二人の行動は緊張をほぐすという点で本当にありがたかった。

「すまない、ついやってしまった」

「しかたないですね、今回ばかりは許しましょう」

緊張をほぐしてもらったというのに、何たる言い草だろうか。

ははは、と先輩と笑う。ななみは声こそ出していないが、誇らしげな笑顔を浮かべていた。

それから少しして先輩は「行くか」と声をかけてきた。

俺が頷《うなず》くと、先輩はドアを開ける。

部屋にはすでに主要メンバーがそろって着席しているようだった。

右手側には、式部会式部卿《きょう》ベニート・エヴァンジェリスタ、そしてやけに笑顔な式部大《しきぶたい》輔《ふ》の姫宮《ひめみや》紫苑《しおん》。また彼女たちの背には生徒会、風紀会、式部会の紋章が描かれた壁がある。

左手側には風紀会隊長、聖女ステファーニア・スカリオーネ。その横へ先輩は歩いて行く。

正面には腕を組みこちらを見つめる生徒会会長モニカ・メルツェーデス・フォン・メビウス、そして視線が合うと眼鏡をくいっと上げる副会長のフランツィスカ・エッダ・フォン・グナイゼナウ。

先輩がモニカ会長を呼ぶと、彼女は椅子から立ち上がった。

「ごきげんよう瀧音君。それと、ななみさん」

「私《わたくし》のことはご存じのようですが一応失礼します。至高の美少女メイドななみです」

ななみはその場でお辞儀《カーテシー》をする。まああれだけ目立っていたから、知っていて当然なのかも知れない。それにフラン副会長達にはもう邂逅《かいこう》済みだ。

さて結構ぶっ飛んだ自己紹介をしたななみだと思ったが、会長達はいたって普通の反応だった。

そのフラン副会長はななみを見て、大変申し訳ないのですがと前置きを入れる。

「ななみさん。決まりでこの場で話を聞けるのは限られた人のみです。教師でも無く、三会に属していない方にお話を聞かせられません」

しかしその指示にななみは首を左右に振った。

「問題ございません」

そう言ってななみはポケットから一枚のカードを取り出す。それを見てベニート卿は口笛を吹いた。

「へえ、面白い物を持っているね」

「ほ、妾《わらわ》は初めて見たぞ。まあ花邑家のメイドという所じゃな」

「話を切ってしまうことになり大変恐縮なのですが、一つ前提をお話しさせてください。私《わたくし》は花邑家に仕えているわけでは無く、この瀧音幸助ご主人様にお仕えしております。決して毬乃とかいうクソババアに仕えているわけではございませんので、その点ご了承いただければと思います」

「クソババア……」

言葉を失うフラン副会長。そして苦笑する雪音《ゆきね》先輩。楽しそうな式部会のメンバー。表情を変えないモニカ会長、そしてステフ聖女。

「あい分かった、なるほどのう。要するに花邑家では無く瀧音のメイドということじゃな」

ニタニタする紫苑さん。

「紫苑、そろそろ本題に入ろう」

そう先輩が言うと、紫苑さんは扇子を開き口元に当てる。しかし目で笑っていることは丸わかりだ。

「貴方《あなた》は驚いたかしら？　こう生徒会と式部会が和気藹々《わきあいあい》と話しているのを見て。それとも知っていたのかしら」

それはもちろん知っていた。笑みを浮かべるとモニカ会長は頷《うなず》く。

「それじゃぁ式部会についてはどうかな？」

そう言うのはベニート卿だ。

「やあ、瀧音君。想像の数倍以上早くここまで登ってきたね」

「お久しぶりですね、ベニート・エヴァンジェリスタ卿。貴方の立場も理解しています」

「へぇ……君はさ、覚えているかい？　ツインテールの彼女、加藤《かとう》さんだったかな。彼女とななみさんの前に立って、僕に言ったこと」

「覚えていますよ。その言葉を撤回するつもりもありませんよ。そもそもここに居る誰に対しても同じ事を言うでしょうし」

あの時と同じように少しの間にらみ合っていたが、やがてベニート卿は笑った。

「口だけじゃない事は分かったよ」

「ねえベニート君。彼は貴方に何を言ったの？」

「なに、モニカは気にしなくて良いよ。いずれ分かるだろうから。さて、脱線させてごめんね、話を進めようか」

そう言ってベニート卿はモニカ会長に先へ進めるよう促す。

「ともかく知っているなら三会に対しての説明は不要ね」

「はい」

「なら単刀直入に言うわ、三会に入りなさい」

その言葉を聞いてベニート卿はあれこれと言葉を差し込んだ。

「モニカ。ここは慣例通りだと疑問形で話すべきでは無いのかな？　そうですよねステファーニア様」

「立場上口に出すことは出来ませんが、私はあまり慣例は好きではありませんわ。悪い慣例は壊すべきかと。ということで、瀧音さん。どうですか風紀会は。堅苦しいかも知れませんが、雪音がいますよ」

そう言うステフ聖女を見てモニカ会長は苦笑する。

「風紀会では雪音が非常に瀧音を欲しているらしいわね」

「なに、式部会もじゃ」

そう言うのは紫苑さんだった。

「のう、瀧音幸助。そしてななみ。どうじゃ式部会は？　どちらか一人でも構わん。妾達は受け入れるぞ」

「お言葉ですが」

とななみは切り出す。

「私《わたくし》は三会に所属する気は毛頭ございません。ご主人様のご命令以外に従う気もございません。私《わたくし》のあるところ、それはご主人様の横でございます」

「ほう、なら瀧音幸助が式部会に入ればお主も一緒に来るという事じゃな」

「所属は致しませんが」

「ほう、いい話を聞いたのう」

「……話が終わったところで本題に戻りましょう。今は瀧音幸助君にお話があります」

フラン副会長がそう言うと、モニカ会長が口を開く。

「そうね、話を戻すわ……実を言えば貴方を初めて見たときから、私は貴方に興味を持っていた」

その言葉と同時に、ぞわり、と体に冷たいものが走る。

まるで静電気がこのあたりを埋め尽くしているかのようだった。肌に触れている部分が重く痛い。それだけではない。まるでここだけ急激に気温が下がったように寒く、体がすこし震えている。

またあふれ出る魔力の影響か、彼女の周りが陽炎《かげろう》のように揺らめいており、そのせいか体がぶれて見えた。

「そして先日のダンジョン攻略」

モニカ会長は腕を組み、鋭い目つきでこちらを見ている。

彼女は試しているのだろう。俺がどういう反応をするのかを。

しかし試そうとしているのはモニカ会長だけではなかった。

それにかぶせるように紫苑さんから魔力と魔法がこちらに向けられていた。漆黒の煙が紫苑さんから発現し、彼女の周りをふわふわと漂っている。それはゆっくり彼女の足元へ流れ、やがてこちらへ向かってゆっくりと、ゆっくりと床を侵食するように伸びてくる。

紫苑さんは目じりを下げながらこちらを見ていた。紫苑さんは好奇心からモニカ会長に乗ったのだろう。

モニカ会長ほどではないにしろ、大きな魔力が俺に向かっていた。

また、今度は反対側からも力を感じる。これは先輩のようだった。

しかしその魔力は俺に向けられているものではない気がした。もしかしたら向けていたのかもしれない。だけど、なんとなく先輩の魔力は俺を包み込んで、守っているような、そんな気がした。

そしてお前たちは何をやっているんだと、モニカ会長と紫苑さんに言っているような、そんな気もした。

薙刀《なぎなた》に手を添え、冷たい目で紫苑さんを見つめる先輩。

紫苑さんは俺から視線を外し、先輩とにらみ合う。するとこちらへゆっくり近づいていた黒煙は引っ込むも、まだ魔力はこちらに向けられたままだった。

紫苑さんは自身の武器である扇子を開き、口元を隠す。あの扇子の下は満面の笑みに違いない。

「ふふっ、ふふふふふっ」

そばに控えていた、ななみが笑う。

皆の視線はななみに向かった。

「何がおかしいのかしら、ななみさん？」

モニカ生徒会長がそう言うと、ななみは笑ったまま答える。

「おかしすぎて、お腹《なか》がよじれそうでございます。この程度の魔力で威圧なんて、片腹痛いと申し上げましょう」

そう言ってメイドらしくお辞儀《カーテシー》をすると俺を見つめる。

「そうですよね、ご主人様」

そう言われ反射的にビクゥゥッと反応しなかったことを褒めて欲しい。正直よく自分がここで笑えたなと思う。

ホント、お前は何をやってるんだ。

俺に対しての期待を自身に集めたかと思いきや、その期待を増幅させ、俺に戻して来やがったぜ。お前内心じゃ笑い転げてないか？

だけど、俺はこういう燃える状況は嫌いじゃない。むしろよく煽《あお》ったと褒めようじゃないか。

ななみにお膳《ぜん》立《だ》てしてもらったのだ、ここは決めなければならない。

「はぁ」

これ見よがしにため息をつき、肩をすくめる。

そして自身に身体強化をかけてストールにこれ以上ないくらい魔力を込め、いつでも殴り掛かれるようにして、わざとらしく片側の口角を上げてやった。

さあ、モニカ会長が期待している以上の回答をしてやろうではないか。

まだ魔力を送り続ける。まだ送り続ける。送り続ける。自身を抑えることなんてせず、体の中にある異常なまでの魔力をただただ込めて込めて込めて。そしてそれでもなお余りある魔力を空気中へばらまいていく。この部屋を満たすつもりで。

反応は様々だった。

驚愕《きょうがく》の表情を浮かべているフラン副会長。

魔力を霧散させ、「ふふふ、はっはっはっはっは」なんて、高笑いをする紫苑さん。

驚いてはいるがしっかり杖《つえ》に手をかけ、いつでも行動を起こせそうなステフ隊長。

笑顔ではあるがその視線は鋭く、身体強化を切らさないベニート卿。

目をつむり、なんだか誇らしげに頷《うなず》く水守《みずもり》先輩。

そして、悠然と立ちこちらを見据えるモニカ生徒会長。

彼女は目を閉じ、小さく息を吐く。そしてゆっくり目を開けると魔力を霧散させ、こちらをじっと見つめてきた。

それを見て俺も魔力を霧散させ、会長の言葉を待った。

「いいわね。あなた、本当に良《い》いわ……！」

彼女は一旦《いったん》咳払《せきばら》いをすると話を続けた。

「雪音は貴方が全ての会に適性があると言っていたわ」

俺が先輩を見ると、先輩は精神統一するかのように目を閉じていたが、片目が開く。そして数秒俺を見つめるとまた目を閉じた。

「あの雪音がそう言うのなら、そうなのでしょう」

フラン副会長がそう言うと、モニカ会長が頷いた。

「ねえ、瀧音幸助君。私たちは貴方を欲している。貴方の行動力を。貴方の力を……。だから、もう一度言うわ。三会に入りなさい」

「ただ、三会には大きなメリットもあれば、少なくないデメリットもあるんだよね」

そう言うのはある意味で一番デメリットが大きいであろう式部会、そしてその会長職たるベニート卿《きょう》だ。

「まず秘密を守らなければならない。仕事もしなければならない。確かにやることは増える。ストレスもたまる、だから後悔するぐらい大変さ」

だけど、とモニカ会長は話を切る。

「この三会は貴方が欲しているでしょう力を得るために、最適解であると私は断言するわ。だから悪いことは言わない。私の下へ来なさい」

「何でさりげなく生徒会を推薦しているんじゃ？　妾《わらわ》は式部会を推そう。ほれ、妾を見てみ。ここは自由じゃ」

そう言って紫苑さんはまるで鳥が舞い上がるように手を動かす。

「風紀会はある意味一番規則があるけれど、ここには雪音が居るわよ？」

こんどはステフ隊長が風紀会で魅力的なポイントを的確に突いてくる。

「三会に入会するつもりはある……ようね」

それは当然である。三会でなければしたいことが出来ない。

「時間は必要？」

会長の問いに俺は首を横に振る。

「なら決めなさい」

モニカ生徒会長がそう言うと、各会の副会長が壁に描かれた紋章に手を触れる。

それを見た聖女ステファーニアが口を開いた。

「『正義』であり『模範』の風紀会」

風紀会の紋章が光り輝き、水守先輩と聖女ステファーニアがその前に立つ。

「『模範』であり『目標』の生徒会」

モニカ会長はそう言うと、光り輝く生徒会の紋章の前に立つ。その横にはフラン副会長が。

「『目標』であり『宿敵』の式部会」

ベニート卿はそう言って、式部会の紋章の前に立つ紫苑さんの横へ並ぶ。

「どれを、選ぶ？」

光る紋章を背景に、モニカ会長は俺に問いかけた。

「俺が入会したいのは……」

聞かれるまでもなかった。そこに入ることを前提で行動してきた。

だから、悩むまでもなかった。入るのは、もちろん……。

「式部会」

▶ » « CONFIG

四章　これからの俺たち

Magical Explorer

Reincarnated as a Eroge Hero's Friend, I'll live freely with my Eroge knowledge.

いつだって考えるのは自分自身の強化だ。

『友人キャラ』瀧音幸助《たきおとこうすけ》が、『主人公』聖《ひじり》伊織《いおり》に勝る点は何だろうか？

能力的な面で見てみれば魔力量であろう。伊織どころか、リュディ、聖女、モニカ会長など魔力量が高いキャラよりも圧倒的に多い。

しかしながら、消費する魔力も非常に多かった。

行動せずとも徐々に減っていく魔力を見て、彼を忌避するプレイヤーは多かっただろう。常時消費されていくというのは、一部のゲームプレイヤーにとって不快極まりないことである。

とはいえ、ある意味能力が特化しているから、使い方次第では利用できるキャラクターだった。エロゲの特性上、女性キャラの下になるように強いられていたであろうが。

あとは顔。ヒロインたちから言わせれば、口を開かなければ、それなりに良いらしい。普通、もしくはかわいい系と言われる伊織よりも、顔は褒められていた。顔は。

さて、ゲームで瀧音が主人公に勝っている点は以上である。

もしかしたら他にもあるかもしれないが、誤差の範囲とか、どうでもいいことだろう。

しかし、ゲームではなく現在の俺である瀧音幸助が、主人公である聖伊織に圧倒的に勝っている点がある。

それは一体何か？

金と権力である。家には学園内や魔法学会の権力の化身である『花邑《はなむら》毬乃《まりの》』がいる。権力はあるだけ良いものだ。物事を円滑に進めるために非常に役立つ。様々な根回しは毬乃さんがいなければ成しえなかったであろう。

そして俺は三会の一つ、式部会という権力を得た。この式部会の力で学園内で行動できる範囲が広がるし、どうしても行きたかったダンジョンへも行けるようになる。

では、金はどうだろうか。

金もあればあるだけ良いものだ。ゲームでは消費アイテムの買いだめができれば、低レベルかつ装備が貧弱でも序盤モンスターに苦戦することはほとんどなかった。そして明らかに格上だったツクヨミダンジョンソロ攻略も、金がなかったら考えもしなかったであろう。

もし金を持たなかったならば、最低限行っておきたいダンジョンを攻略したのち、必ず金稼ぎを挟んでいたに違いない。

一応ゲームでは色々な稼ぎができたから、時間さえかければ稼ぐこと自体に問題はなかっただろう。時間さえあれば。

一応、ＲＴＡ《リアルタイムアタック》などで利用されるすさまじい金稼ぎもいくつかあるが、あれは倫理を無視して行わなければならない。いろんな意味で印象的だったのはあの『店』を持つイベントだろう。

マジエロはイベントによって自分の『店』を持つことができる。

その店では自身が使用した装備などを、学生や冒険者へそれなりの値段で売ることができた。

俺は店の維持とか準備を考えると、時間とリスクが利点《金》を上回るように見えないため、するつもりはないが、伊織はするのだろうか。

伊織は魔族討伐によってすこし懐に余裕ができたらしいが、それはスズメの涙程度であろう。出費は多いはずだ。武器に防具、消費アイテムに、イベントを進めるためのお金。

少し考えるだけで、こんなに挙げられる。

もし、伊織が店を持つなら必ず行くし、何かしらを購入してあげたいし、お店を手伝うのもやぶさかではない。

その点、俺は有利だ。武器はなぜか花邑家にある程度は置いてあるし、信じがたい金額のお小遣いがある。

また、ツクヨミダンジョン四十層最速ソロ攻略でのご褒美は非常に大きいものだった。

直接付与されたポイントと、ダンジョン内でひっそり集めた魔石やら要らない物品を売り払うことで、すさまじい量のツクヨミポイントを得た。

学園外でお金として使うためには換金が必要となるが、換金手数料や換金レートを考えても十分大金である。

そもそも現実では高級マンション等の利益が勝手に入ってくるから、正直これだけでも遊んで暮らせるレベルではあるが。

「それを踏まえて……今後、どうするかだよな」

お金と権力がある前提で、いくつかの計画は立てている。しかし確実に狂いが生じるであろう。

三会イベントはどの会に入会するかによって、発生するイベントが大きく変わってくる。そして進め方次第で三会に入会する人物も変わる。非常に難しいフラグ管理をしなければならないが、やり方しだいで変なキャラを入会させることもできた。

また式部会に入会しても、他会イベントも一応こなすこともできる。しかし、入会している会によってイベントの内容は変化するし、風紀会生徒会の専用イベントのいくつかはこなすことはできないが。

さて、この三会に関するイベントで、一番の不確定要素は俺である。

自己主張が激しい不確定要素の塊である俺が登場することによって、いくつかのイベントは発生しなくなる懸念がある。

だとすれば、俺が主体となって無理矢理《むりやり》にでもイベントを発生させるべきかもしれない。でなければ内容的に後々面倒になる可能性もあるし、一応式部会のメンバーとなったのだから、それくらいはしっかり活動したほうがいい。

ただ、これはほぼ確実に発生するだろうなというイベントもある。式部会のメンバーにならないと絶対発生しないイベントで、強制イベントでもある。

彼女なら突っかかってくるだろう。間違いなく突っかかってくる。

以前まではまだ大人しかった。しかし成績が公開され、俺が学年トップに立った今ならば、大人しくしていられないのではないだろうか。

クロワッサンだとかドリルにたとえられる髪型の、コッテコテの高飛車お嬢様。そして高笑いが異様に似合うあのキャラが。

ゲーム内の伊織も言っていたが、彼女こそ…………。

と、考えているところで、コンコンと部屋のドアがノックされる。その主はリュディだった。

「幸助、行きましょ？」

そうだなと頷く。今日はリュディとラーメンを食べに行く日だ。

眩《まばゆ》い日差しがこちらを照りつけるものの、暑いとは感じなかった。

吸い込まれそうな青空に向かって手を掲げ、ぐっと伸びをすれば、眠気やら疲れなどを追い出したかのように体が軽くなり、不思議と気分がよかった。

時折吹く風は、隣を歩くご機嫌な彼女の美しい金髪を揺らし、普段使っているトリートメントの香りをあたりに振りまく。

彼女は風で目にかかった前髪を払うと小さく息をついた。

「いい風ね」

「……そうだな」

これ以上ない、絶好のお出かけ日和だと思う。

家を出る時からご機嫌だったリュディだが、この快晴の下を歩き始めてからさらにご機嫌になった。

それは門の上で四肢を大きく伸ばし、渋い顔で日向《ひなた》ぼっこする猫に会ったことも一助となっているかもしれない。ふてくされたようで呆《あき》れているような、人間だったらそれほど良い表情をしていたわけではない。しかし猫は可愛く見えてしまうのだから、ずるいにもほどがある。

そして朗らかな笑顔で猫を見つめながら、しっぽの動きに合わせ耳をぴくぴく動かすリユディもまた、ずるいと言わざるを得ない。

果実のように瑞々《みずみず》しい彼女の唇から、にゃあにゃあと囁《ささや》かれる猫語らしきものは、残念ながら猫には届いていないだろう。しかし俺の心には届くどころかクリティカルヒットで、今すぐにでもノックアウトしてしまいそうだ。正直俺に語りかけてほしいが、ぶひぶひと豚語で返しかねないから、横でその様子を見るのが一番かもしれない。

繁華街に出たところで、俺はチラリと時間を確認する。

「すこし、寄り道していかないか？」

と、声をかける。

このまま行くと昼の行列にあたりそうだから。そう言うと彼女は頷《うなず》いた。しかし、問題もある。行列を避けようとしてそう言っただけなのだが、どこどこに行きたいなど具体的な案はなかった。

今にして思えば、ななみの作ってくれたプランらしきものをしっかり見ておけばよかったかもしれない。

『ご主人様のことが心配で、七時間しか寝れませんでした。ですから私《わたくし》が今日のプランを愚考しました。控えめに言って最高のプランです』

家を出る直前にリュディがいないのを見計らってそう言った彼女は、スッと紙を渡してきた。

心配など不要であると思っていたけれど、控えめに言って最高だなんて言うから、

『しっかり睡眠とってるじゃねえか！』

なんてツッコミを入れながら内心期待して見たというのに、そのプランは、家を出てすぐに甘いボイスで誘惑してるし、その後ホテルに直行していたので、すぐさま破り返品したものだ。しかもなぜかホテルにななみも同行予定になっていることもまたツッコミどころだろう。

しかし夏に雪が降る奇跡みたいなことが起こって、そこ以外は真面目に記入されていた可能性を考えると、もったいないことをしたかもしれない。

「リュディ、どこか行きたい所ってあるか？」

「そうねぇ……」

そう言って彼女はチラリとあたりを見回す。彼女の視線が止まったのは意外なことに普通のスーパーだった。

「あそこにしましょ」

「おう、良《い》いぜ」

スーパーか。なぜスーパーなのだろうか。

リュディはお嬢様である。偏見かもしれないが、本来ならば俺みたいな一般人がやすやすと近づいていいのだろうかと思うし、こういった一般的な店にあまり足を踏み入れない

のではないかとも思う。

コンビニですら彼女はあまり踏み入れたことが無いようだった。じゃあスーパーもだろうか。実は庶民的なところを巡ってみたいのだろうか。

彼女に尋ねてみようと思ったが……一直線にカップラーメンのコーナーへ行って真剣な表情になったのを見るに、俺の考えは間違っていたかもしれない。

カップラーメンを両手に取って吟味するリュディを見つめる。

今日の彼女は長い金髪を三つ編みハーフアップにし、いつもは後ろに流す髪を一つにまとめてサイドに流していた。おかげで白く美しいうなじを堪能《たんのう》することができる。

私服の時はこの髪型にすることが多いが、非常に似合っていると思う。まあどんな格好をしたとしても、美しい彼女なら似合ってしまいそうだ。

じっと見ていたからだろうか、リュディはこちらを見て首を傾《かし》げた。

「その髪型似合ってるなと思ってな」

「そ、ありがとう」

なんだかそっけない返しですぐに前を向いたが俺はしっかり見た。真剣で口が横一文字だった表情が笑顔に変わっていたのを。

これからラーメン屋へ行くというのに、カップラーメンを買った俺たちは、荷物を多次元収納袋《アイテムボックス》に入れスーパーを後にする。

出入口にあった安売りのチラシに載っていた大根をきっかけに、浅漬けの話に発展し、一番おいしいドレッシングは何かと、話は弾んだ。

「大根もいいけど、キュウリも良いわよね」

「ラディッシュとかカブもいいぞ」

と話しながら、マリアンヌに似た人形が飾ってあった雑貨屋に寄り、それから目的地であるラーメン屋へ向かった。

書き入れ時からずらしたのが功を奏したのだろう。凄《すさ》まじい行列ができているらしい店前は、多少の待ち人がいたが長時間待つことはなさそうだった。

十分程して、俺たちは入店した。

「まずその店一番人気よね！」

このラーメン屋のウリであり、一番人気は脂がたっぷり浮かんだこってり味噌《みそ》ラーメンらしい。

リュディはそう言って目をキラキラさせながら、こってり味噌ラーメンを頼む。鼻歌でも歌い出しそうな微笑を浮かべ、注文したというのにメニューを見ていた。次回も来る気満々である。

あえてリュディとは違った味にしようとあっさり味噌ラーメンを注文すると、リュディが見ていたメニューに目を落とす。

リュディは好き嫌いがない。背脂たっぷりであろうが、ニンニクがたくさん入っていようが、つるりと食べて替え玉するぐらいだ。今回も食べられないはずがない。

またラーメン店に来た時のリュディは、普段より饒舌《じょうぜつ》であり、今日も例に漏れない。

「それでね、特殊な魔法を使って、ほぼ味を落とさずにインスタント化することができたらしいわ！」

「なんかいつの間にかすげえラーメン詳しくなってるな……」

話すことはラーメンのことだけではなかった。

「それでね、里菜《りな》さんがオレンジ君を思いっきり蹴《け》ったらしいのよ」

日常のこと、見た映画のことや本のこと、彼女は何でも楽しそうに話してくれる。そんな彼女を見て自然と笑みがこぼれる。

ラーメンが目の前に置かれたのは数分後だった。

リュディは待ってましたと目を輝かせ、まるで何らかの記念式典に出席しているかのように姿勢を正し、ラーメンと向かい合う。

たっぷり脂が浮かぶ赤茶色のスープに、黄と灰色を混ぜたような色の麺《めん》。そして添えられた野菜類に、しっかり味がしみ込んでいそうなゆで卵、そして厚く大きく切られたチャーシュー。

対して俺の方はどうだろうか。脂の浮かびは少ないし、リュディのラーメンより黄色みがかっていた。またチャーシューはリュディより枚数が多いようだった。

リュディはいただきますと蓮華《れんげ》でスープを掬《すく》い、香りを確認してから口に入れる。

「まるで旨味《うまみ》の暴力だわ……」

出た言葉がそれだった。

俺も同じように蓮華でスープを掬い、緑色のネギが浮かんだスープを口に入れる。

注文したのが別の商品だから、感想が違うのは当たり前だろう。俺は上品という言葉があっているように感じた。薬味のネギもまたスープの味を引き立てている。

少し麺を堪能した後に、チャーシューを口に含む。それは非常に柔らかく、口の中で溶けて口の中全体に旨味が広がった。

「チャーシューに味をあまりつけないこともポイント高いな」

もともとおいしい肉の味を、そのまま生かすこの味付けはまさにベストマッチしていると言えるだろう。

そう言った俺のチャーシューをじっと見つめるリュディ。逆に俺もリュディのチャーシューを見てみた。

よくよく見てみれば、厚さが少し違うではないか。もしかしたら濃度に合わせてチャーシューの厚さや味も変えているのかもしれない。だとすれば、なんてすばらしいこだわりなのだろうか。

もう一度リュディの顔を見る。

真剣な表情でありながら、目がキラキラしている彼女にあらがえる者がいるのだろうか。

「いいぞ」

彼女は緑色の指輪をはめた手を伸ばし、どんぶりを自身に寄せる。そしてためらいなくスープを飲み、チャーシューを一つ口へ持っていった。

「ホントお肉の旨味が引き出されているわ……！」

その姿に思わず笑顔になる。ほんと、おいしそうにラーメンを食べる女性だ。

なんでこう、おいしそうに料理を食べる女性は、こんなにもかわいらしく見えるのだろうか。その様子だけで、こちらはお腹《なか》だけでなく心もいっぱいである。

「ん、じっと見てどうしたの？　もしかしてこっちを食べたいの？」

「じゃあ少しだけ」

そう言って少しスープをもらって飲み、自分のラーメンを食べる。

その後麺を食べ終わって、あとスープをどうしようかと思ってたところだった。そうだ、とリュディが口を開いたのは。

「幸助はもう知っているかもしれないけれど……今日の朝にね、雪音《ゆきね》さんに誘われたの」

ああ、と頷《うなず》く。

「私……風紀会に入会しようと思う」

「良いと思う」

リュディが三会に入会することは個人的に賛成である。もちろん皇女という彼女の立場を考えれば、式部会は少しどうかとは思う。しかし生徒会や風紀会ならば皇女という肩書が枷《かせ》にならないし、卒業後の評価も上がる。

「雪音さん個人からのお誘いで、まだスカリオーネ聖女には通してないらしいんだけど」

「いや、リュディなら大丈夫だ、入れないわけがないし、聖女は断らないよ」

「なに断言してるのよ」

聖女は多分どうでもいいなんて思ってるだろうから。もちろん言うつもりはないが。

「主観的に見たら当然どころか入会させないのは愚の骨頂だと言えるし、客観的に見ても是非入会させるべきだと言われるだろうな」

成績は非常に良い、人気は非常に高い、戦闘もこなせる。主観的にも客観的にも最高としか言えない。

「俺はリュディのことを知っている。式部会だけは反対したが、生徒会も風紀会もリュディには相応《ふさわ》しいと思う。自分をより成長させたいなら特に、入るんなら応援するというか、一緒に頑張っていこうになるんだがな」

「そう、それ」

リュディは一足先に食べ終わったラーメンのどんぶりを、店員さんが取りやすいように移動させる。

「三会って一体何をしているの？」

多分彼女が言うのは表向きのことではないだろう。

俺はあたりを見て小さく息をつく。

「……場所を変えて話すか」

「どうぞ、ごゆるりとお過ごしください」

麻の葉文様の服を着た女性はそう言うと、頭を下げ退室していく。彼女に案内された和室には俺とリュディの二人しかいない。

頂きますと抹茶チーズケーキを口に入れ、顔をほころばせるリュディに問いかける。

「話すにあたってなんだけど、リュディはどの程度三会について知っているだろうか？」

「生徒会は学園祭やツクヨミ大会などのイベント運営なんかでしょ？　風紀会はその名の通り学園の風紀を整えるのよね」

頷く。

「そして俺が入会した式部会が、監査や人事とかだな。あとは様々な裏方作業」

まあ、総合情報端末《ツクヨミトラベラー》でも学園規則と一緒に確認することができる、周知の事実である。

ここまでは。

「さて、リュディは気が付いているかもしれないが、三会はそれ以外に役割がある」

「なんとなくだけど察してるわ。幸助が式部会に入ったのを見て、確信に変わったもの。幸助のことを知る人なら、なにかしら思うことがあるんじゃないかしら？」

　伊織君とか里菜さんとかね、と彼女は付け加える。

　確かに二人なら何かしら思うことがあるかもしれない。そもそも伊織はすでに生徒会の下部組織で有力生徒として見られているらしいから、遠くない未来に色々知ることになるだろう。

「その通り。実際には裏の役割がある」

「そうよねぇ……」

「それで、どんな役割かっていうと……うーん。まずはテーマから話すか。それぞれの会にはその裏の役割を表す言葉《テーマ》があるんだ。風紀会が『正義』『模範』、生徒会が『模範』『目標』、式部会が『目標』『宿敵』」

「なんだか重なっているテーマがあるのね」

「そうだ。三会にはそれぞれ違ったテーマがあるが、実はそのテーマはとある一つの目的を達成するためにあるんだ」

「一つ？」

「そう、学園生の能力向上さ」

「……なんだか普通ね」

「もちろん普通さ。でも魔法学園が何のために存在しているかといえば、その割合は大きいだろう？」

　卒業後、研究者になるものもいれば騎士団に行く者もいる。冒険者として新世界に旅立つ者や、ダンジョンを攻略する探索者となる者だっている。彼らが一番求めているものはそれぞれの能力であり、魔法学園はそれらを育てるためにある。

「そうね」

「さて、それじゃ一会ずつ説明していくか。まず、風紀会にしよう。……まあ先輩が詳しく教えてくれるだろうから、軽く話すぞ。『模範』はそのままだ。生徒たちから見て模範的な態度をとろうって意味だな。それでいて『正義』はまあ、なんとなく察せると思う。学園の風紀を取り締まるからな。ただ、もう一つ役割があって……そっちについては先輩から詳しく聞いてくれ」

「雪音さんから？　……わかったわ」

　と俺は息をつき、抹茶パルフェを一口食べる。

「さて、次は生徒会かな……の前に前提を挟むか」

「前提？」

「ああ、より理解しやすいようにな……さてだ。学園生の能力を向上させるためには、どうするのがいいと思う？」

「漠然としていて返答に困るわね。ええと……勉強、訓練。そしてダンジョンへ行くことかしら」

「そうだよな、しかしだ」

　頷きながらパルフェを口に入れる。そしてスプーンを抜き取ると、剣を振るようにアイスに差し込んだ。

「勉強や訓練には質がある」

「質？」

「ああ、いい訓練と悪い訓練がある、それによってどれぐらい自分の為《ため》になるかが決まる」

「なんとなく言いたいことが分かったわ」

　リュディはそう言ってフォークを皿の上に置く。

「要するに、良い先生と、良い場所なんかで修行することが、普通に訓練するよりいい訓練ができるって言いたいのね？」

「ああ、そうだ。生徒会、式部会の役割はその質を上げることにつながっている」

「どういうこと？」

「生徒会、式部会は生徒たちに良い学習を促すための役割を担っているのさ。そう、いろんなものに影響を与える大きな要素である『モチベーション』をね」

　褒めて伸びる子、怒られて伸びる子がいる。仲間や目標があってモチベーションを上げやすい子が居れば、目標となる敵がいてよりモチベーションを上げる子もいる。

「例えばだ。図書館で真剣に勉強している大好きで尊敬する先輩を見て、私も頑張ろうと勉強したくなるだろう。あるいは授業を真面目に受けず遊んでばかりなうざくて大嫌いな奴《やつ》に、負けたくないと勉強を頑張ろうと思うこともあるだろう」

「思うわね……そっか」

「ああ、生徒会のテーマ『模範』『目標』。生徒たちが憧《あこが》れる目標となることで、モチベーションアップを狙うのが生徒会。また時には生徒達側に立ち、褒める、慰めるなどして背中を押す役目もある」

「うん。生徒会が『憧れの目標』なら、式部会の『宿敵』で『目標』は……つまりそういうことね」

「そう、お察しの通りだ。式部会のテーマ『目標』『宿敵』。これはわざと敵を演じることで学園内のヘイトを集め、『越えたい敵としての目標』になる」

「幸助が入会したから、式部会が本当の悪ではないと思っていたけど、それを狙《ねら》ってわざと悪になっていたのね」

　まあ、ゲームだから成立してる設定だよな。普通の学校でうまくいくわけがないし、そもそも実施すらできないであろうが。

「また式部会は学園生の敵になることで、同時に別の役割もこなすことになる。風紀会や学園としてはこっちの方が重要かもしれない」

「別の役割？」

「ああ。それは学園生に団結させること、そうして治安を良くするんだ」

「団結させて治安を良くする？」

「一致団結させるには同じ目標を立てるのもいいが、共通の敵を作る方が圧倒的に団結する。それに恨みとか妬《ねた》みなんかがあれば、より団結しやすくなる。そして……」

「そして……？」

「敵の敵は味方になることだってあるだろ。だから負の感情をなるべく一手に引き受け、式部会以外にその感情がいかないようにするってわけだ」

　まあこれが裏目に出ることもあって、それはまた別途対応しなければならないんだが。

　リュディの目が少しだけ細くなる。

「それって、式部会がかなり危険ではないの……？」

「だからこそ、式部会入会には条件がある。他を寄せ付けない圧倒的な実力、もしくは学園外での権力」

　納得したようにリュディは頷いて、フォークでチーズケーキをカットする。

「花邑家にソロ四十層の実力者……確かに手を出そうと思わないでしょうね。でも、だからと言って完全に防げるわけじゃないでしょ？　決闘を挑まれたりしそうだわ」

「いつかはされるだろうな」

入会を公表することでひと悶着《もんちゃく》ありそうだ。その前にクラスメイトへの根回しを終えないと。

「ただ、上級生が一年生へ決闘を申し出るのはしばらく禁止されるから、挑んでくるのは一年生だけだろう。入学してそんな経過していないというのに、俺に挑む奴なんてめったにいな……あっ」

「……なんだか不穏な言葉が聞こえたわね」

「い、いや。多分大丈夫だ。それに勝つか負けるかだったら多分勝つだろうし」

高飛車ドリルお嬢様のことを忘れていた。あの娘は……そこはかとない不安を感じる。

ま、まあ未来の俺が何とかするだろう。

「ちょっと、顔が引きつってるわよ……？」

「いや、大丈夫だ。うん、大丈夫大丈夫。よし、大丈夫だって暗示をかけた。話を戻そう。ええと、式部会の話だったな」

「全然大丈夫じゃないわね……何かあったら言いなさいよ」

「ありがとう、頼らせてもらう」

ただ彼女の件に関してはあんまり頼れないかもしれないが。

「まあ式部会はすこし特殊な役割ってことだ。恨まれるし闇討ちなんかもあるかもしれない。それでだ、こっそり俺たちを守る役目を担っている会がある」

「察したわ、風紀会ね」

「まあ、そうだ。表向きは敵対してるっぽく見られてたりもするが、実はズブズブだからな。学園生のヘイトを集めるために生徒会を含めた三会で演技したり、それが終わった後は三会で打ち上げしてたりするぜ」

「もしかして私たちが初めて見た三会の抗争って……」

伊織たちに三会について説明したときか。もちろん。

「演技に決まってるだろう」

リュディは小さくため息をつく。

「そこだけ聞くと、なんだか風紀会の『正義』も『正義』らしくないわね」

……良《い》い着眼点だと思う。

「まあそんなところだな。詳しく言えば裏ですることはまだあるんだが、とりあえずはここまでにしよう」

大まかに概要は理解できただろう。まあそれ以外にも裏で競い事があったりするし、三会の『真の役割』もあったりするのだが。『真の役割』についてはさっさと六十層を攻略して会長たちに説明してもらおうか。

「幸助は式部会でもう活動を始めるの？」

「ああ、とりあえず歓迎会をしてくれるらしい。多分風紀会でもしてくれると思うぞ」

ゲームではどの会でもしていたし。

「そうなのね」

「ああ、先輩なら間違いなくしてくれるね。さてパルフェを本格的に頂くか」

と俺はスプーンで掬《すく》って抹茶のアイスを口に入れる。

それから少しして、抹茶チーズケーキを食べ終わったリュディはぽつりとつぶやいた。

「甘いものを食べると、ラーメンが食べたくなるわよね……ちょっ、お腹《なか》いっぱいだから行かないわよ。その目はやめなさい」

五章　うぇるかむとぅしきぶかい

▶ » « CONFIG

Magical Explorer
Reincarnated as a Eroge Hero's Friend, I'll live freely with my Eroge knowledge.

「いぇ――――い　ひゅぅぅぅううう――――式部会へようこそ!!」

「あ、ありがとうございます」

　お礼を言いながらクラッカーを鳴らした兎耳の先輩を見る。彼女はクラッカーをゴミ箱にシュートすると、すぐにグラスへ持ち替えた。そして俺の肩に手をかけそのグラスを天に掲げる。

「おめっとー！　絶対三会来ると思ってたけど、式部会っかー。いえ――――い」

と、目を＞＜にして俺のほっぺにカクテルグラスを押しつける。ゲームと同じとは言え、そのテンションには圧倒されるばかりだ。

　不意にその圧力がなくなったと思い、ふと見るとななみが彼女の首根っこを摑《つか》まえて持ち上げていた。

「ああ～つかまったぁぁぁあ！　いぇえええええええいぃぃいい！」

　首根っこを摑まれ持ち上げられているというのに、ブルーハワイ色の液体が入ったグラスを呷《あお》る。

「彼女は泥酔してらっしゃるのですか？」

ななみは彼女が持っているグラスがカクテルグラスだからそう思ったのだろう。しかし。

「いや、ただ頭が常時沸騰してるだけじゃ」

気持ちは分かるけれど、それにしても言い方ひどすぎないだろうか。

「ちょっと、ちょっと、扱いひどすぎぃだってしーちゃん！」

「その呼び方も止めてくれんかのう」

紫苑《しおん》さんがため息をつきながらそう言う。するとそれを見ていたベニート卿《きょう》が笑った。

「ははは、まあそれが彼女の良いところなんだけどね！　さて、新会員に軽く自己紹介と行こうか」

彼は手を胸に当てるとニコッと笑った。

「式部卿のベニート・エヴァンジェリスタだ。妹と混同されるかも知れないから、ベニートって呼んでね」

そう言って彼はウインクする。イケメンなだけあって、非常に似合っている。

「式部大輔《しきぶたいふ》の姫宮《ひめみや》紫苑じゃ。呼び方は紫苑で良い。よろしゅうな」

そう言って紫苑さんと握手すると、今度は兎耳の彼女がはいはーいと返事をした。いつの間にかななみの腕から逃れていたらしい。

「新聞部の部長兼編集長でツクヨミ魔法学園のアイドル、アイヴィだよ！　アイを込めてアイヴィって呼んでね！」

「瀧音幸助《たきおとこうすけ》です、そして」

「美少女メイドのななみです。呼び捨てや、ななみんで構いません」

　そう言ってななみはアイヴィを摑んでいた手を離しカーテシーをする。

　アイヴィはそのままボスッと落ちると、痛ーいと言いながらふわふわの尻尾《しっぽ》が生えたお尻《しり》を撫《な》でていた。まったく、椅子になりたくなる尻だ。

「式部会によく来たね。そしてごめんよ、急ごしらえの歓迎会になっちゃって」

「いえ、開いて貰《もら》えるだけで嬉《うれ》しいです」

「なんじゃ、お主。そんな堅い話し方をしよってからに」

　そう言って紫苑さんは俺の肩に手を乗せる。

「でも姫宮さん達は先輩で……」

「じゃから同じ会になったんじゃ、気楽にせい。妾《わらわ》の事は紫苑で良いぞ」

　ベニート卿もその言葉にうんうんと頷《うなず》く。

「そうそう、式部会では堅くならなくて良いよ！」

「ただ風紀会と生徒会は堅い奴がおるからのう、そいつらと話すときには注意じゃぞ」

　俺は頷く。するとななみはそう言えばと話し出した。

「他の方々はどうされたのでしょう？　式部会は各学年に二人居ると伺っておりましたが」

それを聞くと紫苑さんはばつが悪そうに首を振った。

「あーそれが今回来られなくてのう。一人はとても来たがってたんじゃが、抜けられん用事があるそうじゃ」

「ならもう一人はどうしたんですか？」

一応理由は分かっているが話の流れ的に聞いておく。

「あーそっちは妾の同学年の奴《やつ》なんじゃがな、通話に出んし、メッセージを読んだ後すら無い。引きこもりと思っててくれれば良い」

「彼女達のことは後で紹介するよ。それでここに居るメンバーでもう一つ疑問が浮かぶと思うんだけど……」

全員の視線がアイヴィさんに向く。

「みつかっちゃったぴょん！」

「以前新聞部とベニート様が対立して居るのを拝見いたしました。その後ベニート様に関して……簡潔に言えば遠回しの罵《ば》詈《り》雑言《ぞうごん》を並べ立てた記事も出たと聞いています」

「いやぁ、見られてただなんて照れちゃいますぅ！　いよっ主演女優賞！」

「テンション高いですね」

「いつも元気を貰えるよね。さっ、順を追って説明するよ。知っているかもしれないけれど、生徒会や風紀会には補佐するための組織がある。どのクラスにも必ず一人は居る学級委員会。ただしここは生徒会や教師達の推薦で数人居る場合もある。その推薦された人達は生徒会の候補生でもある」

　これは今の伊織《いおり》だ。彼は会長に推薦されて学級委員会に入会した生徒会候補。ゲームでは初心者が普通にプレイしていると、このルートで三会に入会していると思う。

「風紀会は生活美化委員会じゃな。こっちはほぼ推薦のみで入会するんじゃが、コッチは全員が風紀会候補じゃな」

「生徒会も風紀会も良い人材が居たら採用されるみたいだね。まあ今年は凄《すご》い子達が多いから、そんなの全てすっ飛ばして役員にする事もあるよ。例年ならゆっくり上り詰めていくかもしれないけれど、今年はすっ飛ばしてしまう方が多そうだね」

　そう言って彼は俺を見た。

「なるほど、理解しました。ではアイヴィ様は？」

　そうななみが言うとベニート卿は頷いた。

「彼女は非公式の式部会補佐なんだ。つまり……」

「式部会の悪口を書き散らす新聞部が、実は妾達とズブズブの関係というわけじゃ」

　そう言って紫苑さんは透明度の高い朱色の液体を飲み干す。

「ということでウチは三会の役割も知ってまーす！　以前の対立はわざとわざーと。作りものも作りもの！」

　そう言ってアイヴィさんは笑う。

「ただ一応新聞部の中でも役割を知らない子も居るから情報には気をつけてねん」

「ということでこのメンバーが揃《そろ》ったんだ」

「なるほど。説明ありがとうございます」

「で、続いては卿のおごりでフルーツと行きたい所なんじゃが……仕事内容の話をしようと思ってな」

「そうそう。瀧音君。覚悟して聞いてね。式部会はね……」

　そう言って真剣な表情をするベニート卿。横を見れば深刻な問題でも発生したかのように真剣な表情をする紫苑さん。そしてアイヴィさんも同じように耳をたたんで目を伏せる。

　そんな中ベニート卿は小さく深呼吸して言った。

「実は………ほっとんどなんもしないんだよねぇ！」

　なんて言い、すぐさま表情を崩して笑いだす。その横に座る紫苑さんも爆笑だ。

「表向きの監査なんだけど、生徒会が優秀すぎてねぇ」

「フランはちと頭が堅いが出来るやつじゃ。適当にサイン書いて返せば良い」

「だから新聞部の方が忙しい疑惑も有ったりするんです。それは現実でーす！」

「そうそう。それに裏の仕事も簡単なんだよね」

「そうなのですか？」

「人ってのは面白いことにね、一度とてつもなく嫌われてしまえば、大抵の行動が苛《いら》立《だ》つように感じるみたいなんだよねぇ」

「じゃのう。身に染みたわ、はっはっはっ！」

「そうなれば、よっぽどのことが無い限り好感に変わらない。目的は達したからあとは自由さ」

「稀《まれ》に学生たちを煽《あお》る事もあるがのう」

「何かしらの騒ぎを適当に起こして、うちらが記事を書けばそれも大体達せちゃうんだよねん」

「まあそれで彼らのやる気が補塡《ほてん》できるなら、僕がいくらでも煽ってあげるよ。そうだ、瀧音君。君には不要な心配なんだろうけど、一応言っておきたいことがあるんだ」

「なんでしょうか？」

うんうんと頷き、ベニート卿は話を続ける。

「これまで以上に悪意ある視線を集めるからね」

「これまで以上にですか？」

「うん、そうそう。君はすでに学園で非常に注目される生徒だ。その見た目しかり、交友関係しかり、能力しかり。元々負寄りの感情をぶつけられていたとは思う」

まあリュディの件の時も、視線はあったな。特に気にしていなかったが。

「だけど、それと比じゃないぐらい悪意にさらされる可能性がある」

「妾たちが入会する以前より、式部会は活動しておる。そしてずっと、ずぅぅぅっっと悪意をため込んできたのじゃ」

「だからこそ僕らは『宿敵』なんだ。それでもやり抜ける人だけしか式部会には入れない」

「式部会は抜けることを許されん。腰抜けと思われたら今までの積み重ねがおしゃかじゃからな」

「大丈夫です。これから、よろしくお願いします」

「ほう、そうかそうか！　……ななみはどうじゃ？　正式に入会せんか？」

「お誘いは非常に光栄ではございますが、私《わたくし》はご主人様のメイド以外に仕事を増やすつもりはありませんので」

ななみはどうあっても式部会入りしないらしい。まあ俺が式部会の仕事をするのに彼女はついてくるから、ほぼ式部会に入っているようなものであろうが。

「それにしても良いんですか？　ななみさんがここに居ても」

「ああ、構わないよ。ななみさんが持つカードがあるからね。場合によっては僕の式部卿よりも強い力を持つし」

普段なら「ふっふーん」とばかりに俺にカードを見せびらかしていたであろうななみだ

が、今日近くにいるのは先輩やリュディではなく、紫苑さんとベニート卿、アイヴィだ。

　まあ関係なくニヤニヤ顔はしてるんだけど。

　しかし、なんでそんなの持たせたんだろうね……。まあ毬乃《まりの》さんだから俺のフォローの為《ため》に持たせたんだろうが……あの人ってけっこう過保護だし。おかげで毬乃さんには足を向けて寝られない。

「そもそもじゃ。式部会は生徒会や風紀会と違って、色々特殊じゃしの。専属メイド一人居るくらい歯牙《しが》にもかけんて」

「むしろそれでわざと怒りを買うのもいいかもしれないね。なんだかもう実践しているような気もするけど」

　そうですね、と頷く。

　ななみは入会以前から俺の目的を知っていた事もあって、わざと煽っていた節がある。ただ一番の理由は反応が楽しいからだと思う。

「さて、瀧音君の入会公表なんだけど、どうしよっか。明日《あした》にでもしちゃう？　大丈夫？」

「ええ、問題ないですね」

　クラスメイトへの根回しは済ませた。てか伊織達がやってた。式部会の瀧音幸助となっても、大丈夫だろう。多分。

「なら掲示板で掲示かの」

「だねぇ……あとは煽ってもらうのもありだね」

「たっきー★の事なら任せて！　ある事無いことぜ――――んぶ書いちゃうから！」

たっきーっておい。

「瀧音君なら今ある事だけでも、十分だよ……そういえば君は花邑《はなむら》家の者だってことはわざと非公開にしているのかい？」

「いえ、そういうわけではないですけど……聞かれないから答えてないだけですね」

なるほどね、とベニート卿《きょう》はつぶやく。目を閉じて腕を組み何やら思案していたが、やがて片目をパチリと開けるとにっこり笑う。

「じゃあそれを大きく公表していいかな？　君が思っているより君が花邑家の一員であることは知られてないみたいだからね」

「ええ、構いませんよ」

「じゅる、ふひひ、いい記事が書けそうですねぇ！」

あまり口外していないとはいえ、隠してもいなかったんだが、予想以上に知られてないらしい。

「このことは、なるべく自然に公表したいね。アイヴィ、大丈夫かい？」

「把握、承知だぴょん。そーだ。後で新聞の記事作るからたっきーもななみんも協力してね」

「はい。分かりました」

「それにしても、久しぶりに式部会の仕事をしてる気分だね。はははは」

「じゃな、最近は表立っての活動はしておらんな。こっそり生徒会、風紀会らのヘルプに行ってはいたがの。そういえばお主の四十層攻略で風紀会と生徒会が大変そうじゃったぞ」

「ええ、先輩には謝りました……」

「なに、あ奴にこそ謝る必要ないわい。お主への入れ込み具合が凄《すさ》まじいからの、それくらいの事はいくらでもやってやる、という風じゃったわ。まあ聖女がめんどくさそうにしてたが、いつもの事じゃし」

　ははは、と笑っておく。

　紫苑さんはふとなにかを思い出したのか、「おお、そうじゃ」と手をたたいた。

「そういえば風紀会にも一人入るらしいのう。大物が」

「ええ、リュディですね。先輩や本人から聞きました」

「へぇ……」

　と、ベニート卿はつぶやくと、ニヤリと笑った。

「何じゃ、卿よ？　そんなにニヤニヤしおって」

「いや、ね。思ったことがあったんだよ。まあ水守《みずもり》副隊長が宣言した時から、少し思ってたんだけど確信に変わったってところかな……フフッ」

「……普通に不気味じゃぞ。一体何があったんじゃ？」

「内緒にしておこうかな、ねえ瀧音君」

「なんでしょう？」

「僕はね、君に聞いてみたいことがあるんだ」

「聞いてみたいことですか？」

「ああ、そうさ。君が知る限りで構わない。一年生で三会に入会できそうな有望な生徒って誰だろうか？」

はて、と思案する。その質問にはいくつも名前を出せる。

実力だけならカトリナ、性格も含めていいんちょ、実力も狡猾《こうかつ》さも併せ持つ結花《ゆいか》。あの獣人族の子や、ベニート卿の妹もそうだ。しかしだ。

「注目してる人は、実は大勢いますが、その中でも一人すごいのが居ますよ」

でも一番はどう考えてもアイツだ。

「へえー、その子新聞部にスカウトしても良《い》いかな」

「残念ながらもう唾《つば》つけられてますよ。それに多分アイヴィさんは直接会ってます」

彼の魔族討伐はツクヨミ学園新聞でも取り上げられたから。

「紫苑さんもベニート卿も、この名前は覚えておいてください。ポテンシャルだけで見れば、モニカ会長並みです」

三強である先輩、初代聖女にも負けていない。

「……お主以外に、そんな化け物がおるのか？」

「ふぁ――それって生物ですか？」

「へぇ、とても気になるね」

化け物扱いされてるのか、俺は。

「ええ、絶対に駆け上がってくるはずです。現在も多少目立ってはいますが、これからもっと声望を集めることでしょう」

「気になってしょうがないの……。一体誰じゃ」

「生徒会はもとより、式部会でも名前は聞いたことがあるはず」

それは近接戦闘も、遠距離魔法も、覚えるスキルも、成長力も、すべてが優遇された「マジカル★エクスプローラー」の主人公。

「聖《ひじり》伊織」


―リュディ視点―


風紀会の格式張った入会式を終えたのは、午後授業が終わり学生達が帰路に就く頃だった。

「わざわざすまなかったな、リュディ。色々と驚いただろう」

「事前に幸助から多少聞いていましたが……それでも驚きました」

幸助に聞いていた通りだった。対立をしていたと思っていた三会は、内部では和気藹々《わきあいあい》としているらしい。そして一番多く敵を作り嫌われているであろう式部卿こそ、三会で一番のムードメーカーだとか。

学園寮へ向かっているのであろう生徒たちを横目に、先輩は小さくため息をつく。

「今年の新入生は大変だな……」

「そうなのですか？」

「ああ、大変だよ。同じ学年……比較対象にソロで四十層を攻略し、そして三会に入会する奴《やつ》が居るんだぞ？」

思わず苦笑する。

「そうですね」

フフッ、と雪音《ゆきね》さんも笑う。

「まるで台風が直撃したまま、停滞しているようだ」

あいつはまた何かを起こすだろうな、なんて言っていたけど、雪音さんはまんざらでもなさそうだった。

「おかげで一学年の空気が昨年とまったく違う。あいつは式部会に入会もしたし、これからいつでも注目の的になるだろうな」

確かに、注目の的になるのは確実だろう。それも悪い意味で。

自分よりも下だと思っていた彼が、内心で馬鹿にしていた彼が、授業を基本放棄し学園にも真面目に来ない彼が、一年生だけでなく上級生にも出来ないことをしたのだ。

そして幸助は、私たちにこそ大変だったと本音を吐露したが、それ以外には冗談めかしてしか言っていない。

だから現在の対外評価は『不気味な実力者』のようになっていると思う。ダンジョンソロ四十層は彼を少し見直すきっかけになったであろう。

しかし式部会入りすることは、見直しをして少しだけ良くなった評価が打ち消され、さらに嫌われるだろう。

しかし幸助は今回もそれを意に介さない。確信をもって言える。

私が原因の時もそうだった。学園生の噂《うわさ》や小さな誹謗《ひぼう》中傷は、幸助にとって逆風だと思っていた。普通の人ならばその風で道を逸《そ》れ、躓《つまず》き、そこから一歩も進めないどころか、どこかに隠れざるをえなかったり、押し戻されることだってあるのではないだろうか。

しかし幸助は違う。

幸助にとってそんなものはどこ吹く風だった。ななみが来てからは、学園生たちの反応を楽しんでいるようにも見えた。

むしろ逆に風を利用して、鳥のように大空へ羽ばたく、そんな印象さえ受けた。

いや、幸助はすでに羽ばたいているのだ。そんな彼に私達は可能性という翼を貰《もら》った。

「幸助は……すごいわね。私も頑張らなきゃ」

「……私から言わせればすごいのはリュディもだ」

「私も、ですか？」

「比較対象が瀧音ではな、そう思ってしまうだろうが……そもそもリュディも三会に入会したんだぞ」

そう言って先輩はツクヨミトラベラーを見つめる。

「時間だ、掲示板を見に行こう。そろそろ正式に発表される頃だ」

私は頷《うなず》く。そして掲示板へ向かって歩き出した。

掲示板の前には帰宅途中の人々が足を止め、画面を見ていた。

近くにいた三人の女生徒は目を見開き、口を半開きにして、ぼうっと掲示板を見ていた。制服についているブローチを見るに、彼女たちは三年生であろう。

彼女たちのうち一人が呟《つぶや》く。

「嘘《うそ》、でしょう？」

「……この時期に任命だなんて、聞いたことないわ」

掲示板を見上げたまま、そんなことを呟く。

視線を外し、掲示板を見つめる。多分私もこのような形で発表されるのだろう。

NEWS BOARD

下記の者を
式部会 副会長職
「式部少輔」に
任命する。

1年
瀧音幸助

式部会
式部卿
ベニート・エヴァンジェリスタ

「ちょ、ちょっと」

ふいに一人の女性が驚いた声音で叫ぶ。彼女はツクヨミトラベラーを手に持ち、慌てた様子で隣の女性の肩をゆすっていた。

「ちょっと、ツクヨミトラベラー見て」

「なに、どうせ式部会の事でしょう」

「そうなんだけど違う。瀧音……君……があの花邑家って」

話を聞いた私はツクヨミトラベラーを取り出すと、届いていた速報ニュースを開く。

雪音さんは私の横から画面をのぞき込んできた。

tsukuyomi.news

ツクヨミニュース速報

速報！
式部会　ベニート・エヴァンジェリスタ卿が一年の瀧音幸助君を副会長職「式部少輔」に任命したとのことです。

花邑龍炎閣下のひ孫であり、花邑はつみ教授のはとこである瀧音幸助君ですが、先日ツクヨミダンジョンを一週間でソロ四十層攻略という新記録で達成したため、その功績を鑑みての任命かと思われます。

ツクヨミ魔法学園新聞では、瀧音幸助君のインタビューも予定しています。気になる方はツクヨミ魔法学園新聞をよろしくお願いします！

ツクヨミ魔法学園新聞

六章

それは危険なマシーン

▶ » « CONFIG

Magical Explorer
Reincarnated as a Eroge Hero's Friend, I'll live freely with my Eroge knowledge.

式部会への入会発表が終わり、とりあえずまた明日《あした》ということで帰宅して、夕食を食べた後だった。

ななみにリビングへ来てくれと言われて皆で移動したのは。

そこには普段から置かれてたテーブルが無く、代わりに布がかぶせられた何かがあった。

そして姉さん、リュディ、クラリスさん、先輩がそれを見ている。

「何かしらコレ？」

俺がリュディの隣に行くと、そう話しかけてくる。俺は視線を先輩達に向けるも、どうやらクラリスさんや先輩もコレがなんなのか分からないらしい。姉さんは無表情だ。

「気になっているご様子ですね。コレは訓練を行う上で素晴らしい物です。ご主人様達にいかがかと思ってご用意致しました」

そう言ってななみは、チラリと布の掛けられた何かを見る。そしてエプロンで涙を拭《ふ》くような仕草をしながら「ご飯を三食に減らして頑張った甲斐《かい》があるというものです」なんて呟く。

「普段何食食べてたのか気になるところだぜ」

どう考えても一般的な食事回数だ。

さて、ななみの前に置かれた何か。それは布のせいでよく分からないが、平均的な成人男性より少し小さいくらいだろうか。しかし長さがある。

「それでコレはなんなんだ？」

「実はトレーニング用の機材でございます」

泣き真似《まね》をして居た彼女は一瞬で平常に戻るとそう言った。

「トレーニング用の機材？」

「はい、トレーニング用の機材でございます。大雨、台風、大雪、大ななみの際に使えるようにと思いまして」

「自然と自分を自然に交ぜたな」

それ大波に『な』を足しただけだよね。なんだよ大ななみって。

「ほら、一週間に七回来るアレでございます」

「毎日来てる上にさっぱりわかんねぇんだよなぁ！」

疑問が深まるだけだった！　てかなんで一週間に七回とか分かりにくい説明してんの？

「ではご賞味ください、デロデロデロデロデロデロ——」

「食べ物じゃ無いだろ」

「デデン。ラァァぁん♪　ニングマアァァァシイィィインンン♪」

そう言って彼女は掛かっていた布を取る。それにしてもなんで途中で発情した声混じってんのかな？

「コレでご主人様はいつでもランニングをする事が出来るようになりました」

「へぇ、よくこんな物作れたな」

「ええ、骨董品《こっとうひん》屋らしき怪しい店で格安販売されていた物を入手し、よく分からなかった所を独自理論で解釈し改造した物です」

「なんか色々いやな事が聞こえたような気がするが気のせいだよね？」

それにしても骨董品屋らしき場所、ね？　なんか凄《すご》く心当たりがあるような、ないような。

考え事をしていると、ななみはその機械に触れる。

「どうせなら実践してみませんか。使い方はとても簡単ですので」

「そうか。嫌な予感が上限突破してるけど、まあやってみるか」

「上限突破してるのにやるのね……」

どうなっても知らないわよと呆《あき》れるリュディに苦笑で返す。さすがにランニングマシーンというくくりから逸脱していないだろう。そう思ってる。

「ではご主人様が腹をくったところで、まず起動ボタンを押してください」

パソコンとかにある円に線が入ったようなマークに触れる。すると目の前に映像が浮かび上がった。人の体を模した物に、色んなメーターが表示されている。

「本来であれば最初にユーザー登録を行います。しかし、あらかじめ私《わたくし》の方で登録しておきました」

「へぇ、ユーザー登録ね」

「名前、性別、生年月日、好きなメイド、身長、スリーサイズなどですね。好きなメイドはななみにしておきましたので」

「なんで俺のスリーサイズが小数点出るまで事細かに知られてるの？　しかも好きなメイドって、ジムとかのスポーツ系会員登録に絶対必要ない項目だよな」

「こちらを登録していただくことにより、毎日の使用履歴、平均走行距離、使用カロリーなど様々な機能をご利用出来ます」

「やっぱスルーされるよな。それにしても色々出来て便利だな」

「また体重、身長などはユーザー登録時のスキャンで測ることが出来ます。また体脂肪率や本日の消費カロリーなどデータを入手出来ますし、ツクヨミトラベラーに転送も可能です」

「凄い機能だな、私も使ってみたいのだが」

　どうやら先輩もコレに興味を持ったらしい。顔には出してないが、クラリスさんも興味津々のように見受けられる。

「ご安心ください、毬《まり》乃《の》以外の花邑《はなむら》家メンバーは全てユーザー登録が済んでおります。ただご主人様以外はメインメイドもしくはメインバトラーの設定を最初にお願いします」

「メインメイドってなんだよ、メインメイドって」

「ご主人様のメインメイドはもちろんななみです」

「回答になってないんだよなぁ」

　まあメイドって言ったらななみ以外考えられないのではあるが。

「なおメインメイドの変更も出来ます。皆様は簡単に変更できますが、ご主人様のみセキュリティを考慮し七十三段階認証していただく必要がございます」

「セキュリティ強固すぎだろ!?」

「ななみセキュリティとして特許申請予定です」

「誰もそれ使用しないだろうから申請しなくて良《い》いぞ。それよりもさっきの続きだけどメインメイドってなんだよ」

「メインメイド及びバトラーはランニングを行うユーザーの補佐をする者です。詳しくは操作しているうちに理解できるでしょう」

　そう言うならとりあえずやってみるか。

『タッチパネルに触れる、もしくは声でお申し付けください』

「おわ、喋《しゃべ》った。これはあれか、機械の補佐みたいな奴《やつ》か。ななみの声だったけど、もしかしてメインメイドの声になるのか？」

「その通りです」

「ほう、使いやすそうな機能だな」

確かに声で操作できると便利だよなぁ。

「まず目標を設定しましょう。デフォルトでは四十二キロメートルが設定されています」

「相変わらず長過ぎよ」

「お姉ちゃんは走れない。おねえちゃん、はしれない。おねえちゃん」

姉さんはどんだけお姉ちゃんと言わせたいのだろうか。

「そうか、ちょうど良い距離ではないか？　クラリス殿もそう思わないか？」

「ははは……瀧音《たきおと》様と雪音《ゆきね》様向けになっているとは思いますね」

「もちろん目標の距離は後ほど変更可能です」

まあ、それは当然の機能だろう。

「またこの目標距離に到達したり素晴らしいランを披露すると、走行距離に応じてメインメイド、つまりななみボイスで褒められます」

「不思議に思っていたのだ。庭で素振りをしていたらななみがマイクに向かって誘うような声を出していたからな」

先輩はその時点でツッコミを入れるべきでは？　でもななみの事にいちいちツッコミ入れてたらきりが無いもんな。

「ご安心ください。私《わたくし》だけで無く、リュディ様、雪音様、クラリス様、はつみ様、ご主人様に映像及びボイスを切り替えられるシステムもご用意しました」

そう言ってななみは浮かぶ映像にタッチする。するとメインメイドの項目が表示され、ななみの顔が映し出される。それをタップするとリュディや先輩、クラリスさんや姉さん、なぜか俺まで表示された。いやなんで俺もあるの？

「ちょっとななみ。何で私が登録されているのよ⁉」

「いつ撮影したんだ、私は全く気がつかなかったぞ……」

「恥ずかしかった」

「なんで姉さんだけ同意の上なんだ……」

一人頬《ほお》をそめてらっしゃる。

「更にですね、神風《カミカゼ》機能という物がございまして、稀《まれ》に下方から風が吹くシステムを搭載しております。そのためランニングの際はスカートの着用を推奨しております」

神《パンチラ》機能だった。

「馬鹿じゃ無いの⁉」

リュディが間髪を容《い》れずにツッコミを入れる。

正直危なかった。もう少しで所構わず大絶賛してしまうとこだった。

「もちろん風の強さも変更できます。弱い方から領域侵害、尊厳崩壊、極楽浄土の三段階です」

「領域侵害ね、って分かりにくいわ！」

てか意味考えるとさ……一番弱い領域侵害ですら見えてるじゃねーか!!!!

「ツッコミ間違ってるでしょ！　根本的にいらないのよそんな機能！」

「リュディ様の懸念は理解しております。私《わたくし》が対応しないとお思いですか？　ですからご安心ください」

「まあ……その、当然よね」

「ええ、もちろん冷風と温風を自由に切り替えられます」

「ちぃーがぁーうぅーわぁーよぉぉおおおお！　誰《だ》ぁぁぁあああれが冷風と温風で悩まなければならないのよぉぉぉおお！」

「何で体が火照ってるランニング中に温風浴びなきゃいけないんだ……」

「いや、瀧音。そういうことじゃ無いぞ」

「そうよ。風が吹くこと自体いらないのよ！　それ私たちも使うんだからすぐに外しなさい」

「申し訳ございません、こちらの機能は停止することは出来ません」

更に文句をつけるリュディを、先輩がまあまあとたしなめる。

「落ち着いて考えろリュディ。外でも風が吹くし、そもそも私たちがスカートを穿《は》かなければ良いだけだ」

確かにその通りだな。そもそもランニングマシーンでスカートを穿いて走ることなんてまずない。はて、心の奥底にあるこの悲しみはなんだ。

とりあえず使えそうだしと走ってみるも、基本的なランニングマシーンの機能としては十分と言えるだろう。しかも魔法で負荷をかけることも出来るらしく、普段のランニング以上に効果を期待できるとか。

しかしまだ気になる点もある。

この表示された画面にある沢山のボタンはなんなのだろうか。

「ななみ？　この沢山あるボタンはなんだ？」

「そちらはまだ私《わたくし》の理解の及ばない部分ですので押すのはお控えください。ただ手前にある部分は押しても大丈夫です」

「理解が及ばないって……」

「ダンジョン産の中古品ですので」

恐怖心もあるがちょっと気になるので触れてみる。するとランニングマシーンから声が聞こえた。

『その調子だ、いけぇぇぇ！』

「なるほど、声で応援してくれるのか」

なんかあまり有効利用出来ない機能だな、と思いながらも隣を押す。

『なかなかやるな』

一体何と戦っているんだろう。更に隣を押してみる。

『いいぞ、ぬげ――――！』

『丸見えだぞ！』

思わず周りに視線を移す。まるで静止画だった。

「うん、変なボタンは押さないようにしよう」

心からそう思った。

七章　聖《ひじり》兄妹

▶ » « CONFIG

Magical Explorer

Reincarnated as a Eroge Hero's Friend, I'll live freely with my Eroge knowledge.

予想していたことではある。学園に行けば変に注目を浴びるであろう事は。

しかし式部会で用があったし、彼からも呼び出されていたし、来ないわけにはいかなかった。

待ち合わせ場所である図書館には既にその待ち人がいた。

「待ってたよ、幸助《こうすけ》君」

「てへっ、こんにちわぁー♪」

そこに居たのは真剣な表情でこちらを見る伊織《いおり》、そしていつもと変わらぬ笑顔の結花《ゆいか》の聖《ひじり》家義兄妹《きょうだい》だった。

「はい、伊織君」

「ありがとうございます、桜《さくら》さん」

どうやら伊織は生徒会イベントの一つでもある図書館整理の手伝いをしたのだろう。この場所が使える上に、司書の桜瑠絵《るえ》さんからコーヒーを出してもらえるというのは、そういうことだ。伊織は伊織でしっかりイベントを進めているらしい。

俺もうかうかしていられない。

「はい、瀧音《たきおと》君……噂《うわさ》は聞いたわ。式部会は大変だろうけど、がんばってね。私に出来ることがあれば」

ぐっとファイティングポーズをして、にこりと笑う。

「お手伝いするから」

「ありがとうございます」

そう言って桜さんは退室していった。学園の教師達はもちろん式部会の活動内容を知っている。それは司書の桜さんも同様だ。

ただ伊織はまだ知らないはずだ。一応それらしき根回しはしたから入会発表と併せてある程度察したと思う。そして今真意を聞こうとしている、と。

また、それが一般生徒には内緒にされていることを理解している。だから桜さんに頼んでここを使わせて貰《もら》ったのであろう。

そして桜さんはこの場所を提供してくれた、と。

「砂糖足りるか？　ななみから分けて貰ってたんだ」

俺は多次元収納袋《アイテムボックス》から様々な形の砂糖が入った瓶を取り出し、伊織の前に出す。

普段なら、ななみが何も言わずに用意してくれそうだが、今回は色々考えて家に帰らせたため不在だ。

今頃は今後の準備をしてくれているはず。してるよな？

伊織は蓋を外すと星、月、ハート、正方形等々、かわいらしい砂糖をこれでもかと入れていた。

義妹《いもうと》である結花はその様子を見て大きなため息をついた。

「かわいらしい砂糖ですねぇ」

伊織が使い終わったのを確認して、今度は伊織に呆《あき》れている結花へ砂糖を渡す。

彼女は「もースティックシュガー入れちゃいましたよ！」なんて言いながらも一つだけ入れるとスプーンで軽くかき混ぜた。

確かにスティックシュガーを入れてしまったら、甘さは十分だと思う。でもさ、お前の兄貴はスティックシュガー入れた上でその数倍の砂糖入れてるんだぜ。

「かわいいだろ？　ななみから貰ってな、少しなら分けてやれるぞ。聖家ではそれで足りるかは知らないが……」

俺と結花の視線が伊織に向く。伊織は何事もなかったように砂糖が大量に入ったコーヒーを口につけた。五個から先は数えてない。将来病気にならなければ良いのだが、まあ魔法でなんとかなるのかもしれん。

「…………あとでこっそり頂けますか。お兄ちゃんに知られたらほとんど持ってかれそうなので」

目に付く場所にあれば使うのだろうか。もしかして直《じか》で食べるとか？　いやさすがにそれはないか。ないよな……？

「聖家の日常が気になるぜ……」

ゲームじゃ伊織も結花も基本寮暮らしだからな。そのあたりの描写はほとんどない。

俺がそう言うと結花は表情をぱっと明るくした。

「え、もしかして私のこと気になるんですか？」

そういう意味で言った訳ではないことを、結花自身分かっているだろうに。にこぉぉぉっ、と可愛らしい笑みを浮かべながら少し身を寄せ……それどころか椅子を寄せて結花はツンツンと俺の腕をつついてくる。

そんなわざとらしい色仕掛けが通用すると思ってんのか？　実はとっても可愛くてこっちは表情に出さないようにするのが難しいんだよわかる？　通用するどころか弱点だっつの。

まあ、聖家のことは気になるか気にならないかで言ったら、とてつもなく気になります。

「気になるけれど、今はそれ以上に気になることがあるからなぁ」

そう言ってはぐらかす。

結花はわざとらしくキャッ♪　なんて言うと、

「しょうがないですね、なにから聞きたいですか？　私の――」

「結花」

だけどそれ以上話すことはなかった。見かねた伊織が注意すると、渋々ちょっかいをやめ俺の隣に座った。

結花さん、なんか距離近づいてない？

結花が座るのを見て、伊織はため息をつくとようやく本題を切り出す。

「幸助君はどうして式部会へ？」

「まあ察してんだろ。そのとおりだよ。それともなんだ、未《いま》だに式部会が悪の組織だなんて思っているのか？」

そんなわけがない。明らかに伊織は確信を持ってる。だからこれだけで分かるはずだ。

「やっぱり……」

「おう、すまんな心配かけちまって。まあ本来は言っちゃだめだから詳しくは言えないな。だから濁す程度で我慢してくれ」

まあ、実情を知ってる人は三会以外にもいくらか居るんだけど。ツクヨミ新聞関係者とか。

「やっぱりそうだったんだね……」

もぉー！　と怒っているような安心しているような声を出し、俺と目が合うと、はははと笑った。

「やっぱ一部の奴《やつ》にはバレバレだよな……」

「もちろんだよ。そもそも幸助君ってば、以前僕やオレンジ君達に『無視か仲が悪いフリをしてくれないか』って頼んでたじゃないか」

「二人から拒否されたのは記憶に新しいな」

クラスメイトなどに最低限の根回しは必要だった。オレンジとか「式部会？　お前はお前だろ」だなんて俺に声かけてくるのは予想できたし。

オレンジは伊織と同じく心の友だよ。

「まあ俺が言わなくてもすぐ詳しく知ることになるさ」

「えっ？　どうして？」

「生徒会さ」

伊織は真剣な表情で頷《うなず》く。

「入会できるかは分からないけど、頑張ってる」

「入れるさ、入れないわけがない。それは俺が保証する」

「そう、かな？」

「ああ。三会については入会後にモニカ会長やフラン副会長に聞くと良《い》いぜ」

伊織は分かったと頷くと大きなため息をつく。そして急に脱力して椅子に寄りかかった。

「……どうした？　もしかして会長達と何かあったのか？」

「ううん、ちがうんだ。会長も副会長も優しくていい人だよ。そのことじゃないんだ」

そう言いながら、少しだけ姿勢をただす。

「なんだか安心したんだ」

「安心？」

「幸助君がそういう人じゃないのは分かってはいたから」

伊織は頬を緩ませにっこり笑う。

「幸助君から直接聞けてすっごく安心したんだ」

「………すまん。また心配かけちまったな」

「ホント、よかったよ。まあ前回に比べたら手順踏んでたから許してあげる」

「おいおい、許してあげる、だって。なかなか言うようになったじゃねえか」

最初は何でも窺《うかが》ってばかりの受け身だったんだけどなぁ。

伊織はえへへっと笑うと。

「まあね、僕だって成長してるんだから」

そう言って胸を張った。

俺がその様子を見ながらコーヒーを飲み干すと、様子を見に来た桜さんに声をかけられる。

「おかわりいるかしら」

「あ、桜さん。お願いします」

桜さんは笑顔で注いでくれる。

「ねぇ桜さん。こちらに勤めて長いんですよね？」

「ええ、そうよ。もしかして聞きたいことでもあるの？　でも年齢は教えられないなぁ」

パチッとウインクする桜さん。知りたいとも思うけれど、聞いたら藪蛇《やぶへび》だろうなぁ。

「確かにそれも気になりますけど、違いますよ。俺たちぐらいの強さの生徒が行くのにオススメのダンジョンとかって無いですか？」

「ダンジョンねぇ……あるわよ？」

桜さんからはいくつかオススメを紹介されるが、ほとんどが非常に重要なダンジョンだ。今後を考えると、なるべく早くになんとかしておきたい場所もあるのだが。

「毬乃《まりの》に話して転移魔法陣の座標を変えておくわ。明日《あした》か明後日《あさって》には移動できるようになってるはず」

そう言ってウインクする彼女に伊織と俺は礼を言う。伊織はすぐにでも行きたいと話していた。

それから少し談笑していたが、どうやら生徒会から呼び出しがあったらしい。伊織は「僕が呼び止めたのにゴメンネ」と言い残し、慌てた様子で部屋から出て行った。残った

のは、

「そろそろ帰るか」

「そうですね」

俺と結花である。二人でコーヒーカップを片付け、桜さんにお礼を言うと一緒に図書館から出る。そして、じゃあなと言おうとしたときにふと思った。

そういえば彼女の初期イベントは終わっているのだろうか。

彼女の行動を見るに終わってはいないと思う。

「そうだ。結花」

「？　どうしたんですか？　そんな真剣な表情で見つめて？」

「もし、だ。もし困ってるなら俺の名前を出すといい。最悪、毬乃さん……学園長の名前を出していい。後で俺がなんとかするから」

そう言った瞬間。一瞬笑顔がしぼんだのを俺は見逃さなかった。多分まだ終わっていない。

「…………ほんと、一体どうしたんですか？」

「まあ、とりあえず頭の隅にでも置いといてくれ」

イベントは伊織が解決するだろうが、一応予防線を張っておこう。序盤のイベントだから苦労することはなかったし、すぐ解決するんだよな。

大変さで言えば聖女やエッロサイエンティストなんかの方がヤバイ。片方はいろんな意味でヤバイ。

とりあえず、毬乃さんに話を通しておこう。

「じゃあ、俺は帰るぜ」

そう言って結花に背を向け転移魔法陣へ向かって進む。そして門まで転移しようと思ったときだった。ぐっとストールを引っ張られたのは。

「待ってください」

陰りのある笑顔の結花からは、ほんの少しのためらいもうかがえた。

「知って、るんですか？　もしくは聞いている？」

彼女はふに落ちて無さそうな表情だった。

もちろんそんなもの知っているさ。

「いや。なんだか悩んでそうだったからそう言っただけだ」

結花はため息をつくと、そうじゃないんですよ、と呟《つぶや》く。

「私はですね、自慢じゃ無いですけど結構隠すのは得意なんです。誤魔化すのも得意です、適当にそれっぽいことを言っていれば大抵信じてくれますから」

結花の言うとおりだ。ゲームで伊織が結花の悩みを詳しく知るのは、事件が起こることでだ。

「だからって面と向かってここまで言われたことは無かったので」

相変わらず彼女は勘が鋭い。だからといって俺が詳しく話せるかと言えばそうではないのだが。だって今の結花が知らないことも全て知っているんだから。

「花邑《はなむら》家に来ないか？」

「っはぁー、すっごいお家《うち》ですねぇ」

「好きな所に腰掛けてくれ」

彼女は腰掛けると辺りを見回す。

俺がお茶を持って来たクラリスさんにお礼を言うと、彼女は買い物へと出かけていった。気を遣ってくれたのだろう。

「ななみさん以外にもあんな美人なメイドさんが居るんですねぇ」

「あれはリュディのメイドだよ」

「えっ⁉」

それは驚くか。なんでリュディヴィーヌ殿下のメイドがいるんだよと。

「リュディは花邑家に居候してるんだ。ここにはバケモンみたいな強さの人が居るからな。セキュリティは強固だぞ」

「な、なるほど……」

納得したような、してないような微妙な笑みだった。

「それで、話したいことがあるんだろ？」

結花は苦笑して頷いた。

「瀧音さんは私の状況を知ってるんですか？」

「知らん。ただ転校してきたのには理由があるんじゃないのかとは思った」

「本当ですか？　学園長から何かを聞いた訳ではなく？」

「そんな訳はないだろう、理由も無く個人情報をペラペラ喋《しゃべ》る人ではないぞ」

下ネタに関してはペラペラ喋るが。

「……ならなんで」

「普通に考えておかしいだろ？　この学園にこのタイミングで来るだなんて」

結花は沈黙しているが、俺は話を続ける。

「確かに結花は実力者だろう。頭も良いだろう。そうでなければスサノオ武術学園に入学できない。またツクヨミ魔法学園への編入なんてもってのほかだ」

どちらもエリートが進む学園である。

「一体なぜと考えた時に、何かしらの問題が起きたと考えるのが妥当だと思ったのさ」

「お兄ちゃんが居たから来たんですよ、私ってブラコンで……てへっ」

「ブラコンは否定しないが、それなら最初からツクヨミ魔法学園を受けてこっちに来るだろう？」

悲しい笑みを浮かべる結花。

「何の問題が起きたか？　スサノオ武術学園では解決出来ないもの。よく分からんが場合によっては花邑家が強大な伝手《つて》になる？　って考えたのさ」

まあ答えを知っているから出来る推理である。

数秒ほど笑顔を貼り付けたまま沈黙していた結花だったが。

「………その通りです。実は変なストーカー被害に遭ったんですよね」

そう切り出した。

「変なストーカー？」

彼女は頷く。

「変なストーカーですよ。部屋の中が荒らされたんです。でも何もなくなってないんです」

「荒らされるって泥棒か？　でも何もなくなってない？」

「ええ、魔具もお金も、下着だってあるんです。本当に何もなくなってなくて。逆に恐《こわ》くなって」

「それじゃぁ泥棒の線も薄いのか。それで他には何かあったか？」

「お前のことを知っている、と手紙が……」

「普通に恐いな。監視している、やっぱり変態ストーカーか？」

と言っておくが、その正体を知っている。結花を利用しようとした、悪魔の仕業だ。人の皮を被ったそいつはとある理由で結花を利用しようとするも、転校で逃げられる。そして伊織がその事を知り退治するという流れだ。

「ほんっっとキモイですよね！」

「毬乃さんにその話は？」

「しましたよ。そんな時ちょうど編入の話がこちらに来ていて、その件も含めて転入したいが大丈夫かって話したんです。そしたらすぐに移動させてくれたんですよね。ボディガードもつけようかという話もあったんですけど、それはやりすぎかなって断りましたけど」

「毬乃さんらしいな」

「ホントすぐ動いてくれたので、一週間と待たず来られましたよ」

ふと、まるで魚の小骨が喉《のど》に引っかかるような、わだかまりを覚える。でもその引っかかりが何か分からない。

「ずいぶん早いな。その間は何も無かったのか？」

「私もびっくりですよ。ええ、平和でしたね。私が極力外出を控えてたのもあるんですけど」

頭を切り替える。

「実は毬乃学園長に瀧音さんの名前を出されたんですよね」

「俺の名前？」

「『困ったことがあればコウちゃんに頼りなさい』って。『あの子なら貴女《あなた》を護《まも》ってくれるわ』って」

なるほど。どうりでやけに俺に声をかけてくると思ってた。

「私も花邑家の人と一緒に居れば変な人は来ないかな、なんて思ったりもして」

なるほど。なら俺の所に居るのも納得だ。実はエッロサイエンティスト並みに狡猾《こうかつ》だよなぁ。

そう言えば。

「もしかしてクラスメイトが花邑家について聞いてきた時お前がいたのは……」

「私がちょっとした噂《うわさ》を流しましたね」

「故意犯じゃねーか！　まあ別にいいんだけどさ。それよりもだ」

「それよりも？」

一番大事なことを聞いておかないといけない。

「その変なストーカーはどうなった？」

「音沙汰《おとさた》無いですね。今もちょっと不安だったりもします」

「なに、それはアレだ。大丈夫だ」

「どうしてですか？」

「だってここには伊織が居るし、頼りになる先輩達も居るし、毬乃さんもいるし、何より」

「何より？」

「俺もいるからな！」

「ぷっ、何言ってるんですか。ちょっと格好《かっこ》いいじゃないですか。なんてこと言うんですかときめきましたよ、慰謝料ください！」

「何で金をとるんだよ！」

そう言って二人で笑う。

「まあマジで何かあったらすぐに連絡しろよ。飛んでくから」

そう言うと結花は少し照れたように髪をいじった。

「あ、ありがとうございます」

そしてあたりをきょろきょろと見回す。

「瀧音さん、コレ気になっていたんですけど使って良《い》いですか？」

話を変えたかったのだろうか。彼女が指さしたのはランニングマシーンだった。

「ああ、いいぞ。……そういや俺もちゃんと使ったこと無いな」

「へーそうなんですね」

そう言って彼女はボタンを押す。そしてユーザーをゲストにしてランニングマシーンを起動した。

するとまた結花の前にホログラムで立体的な地図のような物が映し出される。

「今回のランニングコースを選択するらしいです」

そのまま始めようとした結花の格好を見て、あっと声を漏らす。

「おい、結花。制服で走るのは、止めとけ」

そう言うと、結花はにやぁっと笑ってスカートをつまむ。

「あっれー瀧音さん。も・し・か・し・て……見たいんですか～♪」

見たいか見たくないかで言えば見たいし、その記憶が絶対に消えないように心のメモリーに二重で刻み込みたい。

「止めろ、スカートの縁《へり》を持ってひらひらするのは止めろ」

スカートひらひらするのは分かる。なんでリボン外すんだ！　いや待て落ち着けよく考えろ、ひらひらさせる理由は分からないぞ。

「大丈夫ですよ、そんなに速く走らないですし……えーとコース選択はとりあえずランダムで良いですね」

結花は画面に表示されているボタンを次々と押していく。そこで俺はふと思った事を聞いた。

「結花はランニングはするのか？」

「しますよー。毎日って訳じゃ無いですけどね。瀧音さんはするんですか？」

「毎日走ってるよ。たまに水守《みずもり》先輩……風紀会の副隊長と一緒に走ることもあるな」

「へーそうなんですか」

あまり興味なさそうにそう言って彼女は走り出す。

「まぁ普通のランニングマシーンですね」

そう言って映し出されている画面に指を触れる。遅くしたり速くしたりしているらしい。

「……あれ、なんですかねこのボタンは。ええと領域侵害、尊厳崩壊、極楽浄土？　この中だったら極楽浄土ですね。ポチッと」

「ああ、模擬戦闘もしてくれるから、良ければ一緒にって……極楽浄土？」

結花の言う極楽浄土って極楽浄土だよな。

一番強い風発生システムで周りの紳士を極楽浄土へ導く素敵な機能だ。

結花では物足りないかも知れないが、リュディくらいからの大きさであればチチ揺れと共にスカートパンチラも見られる、砂漠をさまよっているような極限状態に飲む水のような機能で、正直ななみのセンスに脱帽……ん、ちょっと待て？

極楽浄土ボタン？　押した？

「結花、危険だぁぁああ!!」

「何言ってるんですか、極楽浄土ですよ？　極楽浄土っ」

と、笑っている結花の足元、ランニングマシーンの下に突然魔法陣が浮かび上がる。

驚いた結花はランニングマシーンから降り、魔法陣から出ようとするも、まるで何か見えない壁のような物に阻まれた。すぐに俺も手を伸ばすも、やはり見えない壁のような物に防がれる。

「っはぁーっ⁇　なんですか、なんですかコレ⁉」

動揺を隠せない結花だが、俺も正直動揺している。

「知らん、俺が聞きたいわ！」

「なんで持ち主が機能を把握してないんですか⁉」

仰《おっしゃ》るとおりである。俺もななみに言いたいわ。

不意に画面に文字が浮かび上がり、結花はそれを読んだ。

「ええと、なんですかね。目標距離を走り終えればここから脱出できるみたいですね……あ、機械が動き出しましたよ。仕方ないですね、走りますか」

そう言って走り出す結花。

頭の中はどうしようでいっぱいである。

伝えなければならない。しかしなんて伝えればいいんだ？　俺が悶々《もんもん》と葛藤していると結花が声を上げた。

「っはぁー？　ちょ、ちょっと待ってください！　スカートが!?」

それは風だ。いたずらな風だ、エッチな風だ。神風だ。

早すぎるだろ、もう始まってしまったようだ。

「マジでなんなんですか!?」

結花は必死にスカートを押さえるが、しかし俺には見えた。

あれは白だった。

まごうことなき白だった。結花だったらちょっと背伸びした大人な黒も素敵ではあるし、優しくて温かみのあるピンク色でも似合いそうだし、多くの者に愛される青の縞《しま》パンでも素晴らしいし、もちろん白だって似合うぞ。しかも今日のショーツはレース部分が鮮やかな花柄で、結花にもぴったり似合ってた。

「瀧音さん。見ましたか、見ましたよね、見たって言ってください!!」

「見てない見てない……落ち着け、断定になってるぞ!?」

「どうせ見たじゃないですか、何色ですか、適当でも良いです！」

「適当ってなんだよ！」

「早くしてください、こっちは走ってるんですよ！」

「ぴ、ピンクだった」

「は？　黒に決まってんじゃないですか。ホントに見てないんですか！　なんで見てないんですか！　ばかぁ！」

「は、お前嘘《うそ》つけ！　白だったじゃねーか！　何で逆ギレされなきゃいけないんだ」

「やっぱり見てたんじゃないですか！」

「あぁぁぁあああ誘導尋問とかずるいだろう！」

「素直に見たって言えば生まれ変わるぐらいですんだんですよ！」

「それ一回死んでるんじゃねーか！」

「もーなんなんですか、さっきから冷たい風がビュービューと！　風邪でも引かせるつもりですか！」

「安心しろ結花、それは温風に切り替えられるぞ！」

「温風に切り替えたからってどうすんですか。一体何を考えて安心するのか教えてください、この機械を止めてくださいよぶん殴りますよ!?」

　確かにそうだ、俺も落ち着かなければならない。

　何かどこかで操作が出来ないか……ななみの話を思い出せ。

　ええと。

「そういやツクヨミトラベラーにデータを送ることが出来るなら、もしかしたら操作もできる!?」

「何でも良いから早くしてくださいよ、亀ですか」

「うるせえ亀は兎に勝てるんだよ!!」

アイツはいつだって真面目に歩いていたから昼寝した兎に勝てたんだよ！

ツクヨミトラベラーからアクセス。キタキタキタ。

「よし接続出来たぞ！　ええと身長が百六十三センチで体重がよんじゅ――」

「っはぁ――――っ！　何で私の身長と体重読み上げてるんですか！」

「す、すまん」

ええと操作操作……。

「コントローラーらしき物が出たぞ、出たけど」

「ホントですかっ！　瀧音さんってば天才じゃないですか！」

「そんな褒めんなって」

そう冗談を言いながら操作をする。

「社交辞令って知らないんですか。早く止めてください！」

「知ってるわ！　俺だって早く止めたいんだよ。だけどボタンがいっぱいあって……でも説明が無いんだ！」

ぱっと見ただけでもボタンは十個以上ある。このつまみみたいなのはなんだ？　しかも下にスクロール出来るぞ。

「もうコッチはヤバイんですから、早く、とりあえず適当にで良いから押してくださいよ」

「分かった行くぞ！」

と俺は一番押しやすいボタンを押す。

『いいぞ、ぬげ――――！』

訪れる沈黙、交差する目線、ひくつく口。

「な、ななな何遊んでるんですかっ、ぶっ飛ばしますよ⁉」

「違うんだ違うんだ。俺は止めようとしたんだ」

『内心でどう思ってるかは人それぞれさ』

「っはぁー？」

「俺じゃない、決して俺じゃない。機械が勝手に言ってるんだ！」

『へへっいい眺めだぜ！』

「あああああ！　私はコントしてるんじゃないんですよ？　ネタフリでもないんですよ？　私の人生掛かってるんですよ？　何してるんですかぁああ！」

「落ち着け、じゃあコッチの少し離れたところにあるこのボタンは？」

『魔法陣の色をピンク色に変更します』

「そんなの変えてどうするんですか⁉」

「おおおお落ち着け、冷静さが大事なんだ。とりあえずボタンを全部押していって……このつまみはなんなんだろう？」

『温度が一度上昇します』

「だから温度なんてどうでも良《い》いんですってばぁあああ！」

「じゃ、じゃあコッチのは⁉」

『速度を上げます』

「ねぇ瀧音さん、もしかして私を助けるフリして陥れようとしているんですよねっ？　そうだと言ってください！」

「なわけないだろ」

　ええいもう適当だ。連打だ！　もうどうなろうが知ったこっちゃねぇ！

『緊急ドスケベエチエチエッチボタンが押されました』

「っはぁぁぁぁぁぁああっ？　ちょぅぅぅぅうううっとおおおおお、何ボタンを押してるんですか‼」

「まてまて俺のせいじゃない俺のせいじゃない！　不可抗力だ！」

「ちょっとちょっと！　なんだか殺意ある風が吹いてきたんですけど！」

　仰るとおり、なんだか刃《やいば》の形をした風が吹いている……。

　いやしかしそれは殺意ある風じゃねぇ、エロ熱がある風だ。エロ風だ。風が結花の服を切り刻む。鎌鼬《カマイタチ》だ。

　いや、やっぱり神風だ。

「この所業、覚えておいてくださいよ、覚えておいてくれますよね、覚えてろ！」

この純白は多分一生忘れられないだろうな。

『感度上昇モードに入ります』

「今度はなんですか、感度上昇？　感度上昇ってなんですか！　あ、説明らしきもの出ました。なんですかね、これ、ええと『一定時間に目標の距離を走らないと感度が一倍から最大三千倍まで上昇するガスが放出されます、ご注意ください』らしいですよ。感度上昇ってなんなんですか？」

「いや、そりゃ感度上昇って言ったらさ……アレしかないよな」

当然紳士淑女達《エロゲプレイヤー》ならアレしか思い浮かばないんだよなぁ。あの天才の発想よ。ただアレってエロゲのネタだぜ？

笑えるよな、そんなの現実にあるわけ無いだろ。あったら俺がエチチチになってしまうぜ、わはははは……！

「っておぉぉぉおおおおおおおい」

ヤバイヤバイヤバイヤバイ！　もうダントツでヤバイ、あばばばばああああ……!!

「な、なんなんですか!?」

「急げ結花。急ぐんだ。死ぬ気で走れぇええええ！」

ここはエロゲ世界だよ、パンツを台座に捧《ささ》げる世界だぞ？　感度が三千倍になってもおかしくはない！

「えっ何でですか⁉　ちょっと瀧音さん！」

『何で』とかじゃない。エロゲにおいての感度ってのはエッチな感度で感度三千倍だっつーの。どんな屈強な忍者も耐えられないんだぞ！

「黙って走るんだ、風が吹けば発情してしまうんだぞ⁉」

「は、発情？　なに急に変な事言い出してるんですか。ヤバイ薬のんでおかしくなったんですか、いやおかしいんですけど……急に桶屋《おけや》が儲《もう》かるみたいな話をされても意味が分からないんですってば」

　エッチな感度が上昇するんだよ。三千倍だぞ三千倍。二倍や三倍じゃなくて、三倍×千倍の三千倍だぞ。服がこすれるだけでイってたよ！

　もはや極楽浄土じゃなくて生き地獄だよ、いろんな意味でイキ地獄だよ！

「うおぉぉぉおおおおおおおおお」

　すぐさまストールに魔力を込めて見えない壁に殴り掛かる。

「結花ぁぁぁあああ、ゆいかぁぁぁぁぁあああああ。うぅっゆいかぁ……クソッ。なんだよコレ、一体何で出来てんだよ⁉」

「た、瀧音さん、涙も鼻水も出てます。でもなんでニヤけてるんですか、気持ち悪いです！　とりあえず落ち着いてください、走りきればいいんです！」

結花のその言葉を聞いて、その意味を考える。確かにそうだ。

「そ、そうか、そうだよな！」

そうだよ、走りきればいいんだよ！

「ゆいか、がんばれがんばれやれば絶対出来るやれば出来る今日からお前は日本一だ俺の全てをやる燃やせハートぉおおおお」

「だぁーかぁーらぁー落ち着いてくださいってば、しっかり走ってますから」

「だって何が起こるか分からないじゃないか」

人生だってそうだ。急に事故に遭うかも知れないし、突然父親が亡くなるかも知れない。昨日出社した会社が潰《つぶ》れてるかも知れない。

でもエロゲは必然的に起こるだろ？　どーしてこうなったって踊り出すだろ？　だから不安なんだよ。この不安は当たるんだよ!?

「大丈夫ですって、ほら、なんだか体が軽くなってきたし、順調に距離消化してますって。ん、なんだか甘い匂いが……なんですかね、このピンク色の煙？」

「言ってるそばから溢《あふ》れてんじゃねーか！」

「なんかピンク色のガスが、なんですか。ってこれはっ……あっ……嘘ですよね」

だんだんと動悸《どうき》が速くなってきたのだろう。片手で胸を押さえており、呼吸はとても荒い。

「うっううぅぅうっうっ………はぁっぅっああぁぁぁん！」

「結花、走れ走れ、いそげえええええええええええ！」

そう言うと慌てた様子で結花が速度を上げる。

「はぁっ、はあっぅぅうぅくぅぅぅうううんぁぁぁあああああああおおおあ」

とそのときだった。稀《まれ》によくある風が、下から吹き付けたのは。

「ひぃぃいいいいいいいいいい」

完全公開びゅーてぃふるぅほわあいとぉ。

「なぁんで今このタイミングで強い風が吹くんですかぁああ！」

風が強いわ、ビリビリ破れているわ、コレじゃもう隠し通せないのだろう。そもそさっきの鎌鼬で既に見えてたんだが。

その姿はまるでヴィーナスだ。形ヨシでぷるんとしたお尻《しり》。レースが可愛《かわい》らしいショーツ。すらりとして美しく白い体に、少しだけ赤みが差しており、服はすっけすけ。飛び散る汗。

「綺麗《きれい》だな……」

「はぁ、はぁあああ、なぁぁあに黄昏《たそが》れてんですか⁉」

極楽浄土だ。でも心が燃え尽きて浄土になっちまった。すまん俺にはもう何も出来なそうだ。

「結花…………頑張ってくれ」

結花が走り終えたのはそれから十分後だった。

目標距離を走り終え、解放された結花は満身創痍《まんしんそうい》だった。

女の子座りをしている彼女は顔を赤く染めており、息も絶え絶えだ。風の刃に切り裂かれたため制服はボロボロ。胸元ははだけており、破れたスカートの隙間からは白いショーツも見える。しかも感度上昇の影響がまだ少し残っているのだろうか。たまに体がビクッと動いている。

未《いま》だに顔からは汗が伝い、それがうなじまで流れている。心なしか目も潤んでいるようだ。

また役割を果たせていないスカートから伸びる太股《ふともも》にも、汗が浮かんでいるのが見える。まるで何らかの強敵と戦ったような後みたいではあるが、ただランニングしただけである。いや色んな意味で強敵と戦ったのか。

彼女は俺の視線に気がつくと目を伏せる。もう力は残っていなかった。

俺は無言でタオルを差し出した。彼女はブツブツ呟《つぶや》きながらそれを受け取った。

▶ » « CONFIG

八章 ダンジョン『約束の書庫』

Magical Explorer
Reincarnated as a Eroge Hero's Friend, I'll live freely with my Eroge knowledge.

結花《ゆいか》が連絡も無く待ち合わせ場所に来ないのはおかしいとは思っていた。何か知らないかと伊織《いおり》に連絡を送るも返信は来ない。桜《さくら》さんに紹介されたダンジョンに入ってしまったのだろう。

思い立ったら吉日なのか、時は金なりなのか、彼の行動は早い。まあ良いことではあるのだろうか。

また今回のパーティメンバーはカトリナ、リュディ、いいんちょ、オレンジなんかも誘われたようで、今回は皆《みんな》で行ってくるらしい。朝方リュディがそう言っていたから、彼女達にメッセージを送っても返ってこないだろう。

なんだかクラスメイトにハブられた感はあるが、まあ元々今日は式部会にも予定があったから参加は無理だ。

いや、それはいいんだ。

「ほんと結花は遅いな……」

　本来ならもう顔を出していても良い頃合いだ。約束の時間はもう過ぎている。昨日あれだけのことがあったのに、よく呼び出せるなと感心するばかりだが、多分何かを奢《おご》らせるとかしてくるんだろう。

　それですむんなら心が広すぎると個人的には思うのだが。多分逆の立場だったらぶん殴るかも知れない。

　と、ツクヨミトラベラーのニュースを見ていると不意にメッセージが届く。

　それは紫苑《しおん》さんからだった。つい先ほどまで図書館で会議していたからその件だろう。待ち合わせの場所として月宮殿《げっきゅうでん》でも良かったのだが、しておきたかった事があり変えてもらった。返信をしながらふとななみの事を思い出す。

「ななみはしっかりやってくれてるよな」

　ななみには他にして欲しいことを結構頼んでいる。ダンジョンの調査もそうだが、情報収集もだ。ルイージャ先生にもちゃんとお願いしてくれているよな？

「本当に来ないな……」

　それにしても結花は来ない。通話にも出ない。とりあえずいそうな場所を探してみるかと思い、彼女へ移動する旨のメッセージを送る。

　そして転移魔法陣の所まで来ると、そこでは幾人かの人が騒いでいた。

「どうした？」

近くに居た狐耳の獣人に声をかけると、彼女はびくりと驚いた。そして俺の顔を見てまた驚いた。

「えっとその、女性の叫び声が聞こえたと思って見たら、茶髪の一年生が転移魔法陣に強引に乗せられるのが見えて……ホント一瞬の出来事でした」

その話を聞いて思わず、は？　と声が漏れる。それは人さらいでは？

「ひっ」

「あ、いやすまん。驚かすつもりは無かったんだ」

ホント驚かすつもりは無かったんだ。でも茶髪の女性って……。

「なあ、そいつはサイドテールじゃなかったか？」

驚きながらも頷《うなず》く彼女を見て一瞬めまいがする。すぐさまツクヨミトラベラーを取り出し、結花の名前を呼び出すと通話ボタンを押す。

「どの転移魔法陣に入ったか分かるか？」

「あっ、あの魔法陣みたいです……」

そう言って、簡易的に作られた枠に『接続中のため使用禁止』と書かれた紙が貼られている転移魔法陣を指さした。

なんだか凄《すご》く見覚えがあった。

留守電に替わる通話を切り、転移魔法陣の前に立つ二年の警備員らしき人に声をかける。

「ヒッ、瀧音幸助《たきおとこうすけ》!?」

彼女は一瞬変な声を上げて俺の名前をフルネームで呼んで口を塞《ふさ》ぐ。

「毬乃《まりの》さん……学園長や教師に連絡は？」

「あ、はい。つい先ほどしましたが学園長に繋《つな》がらなくて……」

「攫《さら》われる所を見ていたのか？」

「あの、その申し訳ございません」

まるで彼女をいじめているみたいに見えているかも知れない。しかし、周りなんて気にしている場合ではない。

「尋ねてるだけだ。ちょっと通してくれ」

「しかし、ここはまだ安全が確保された道ではないので……」

「通せ」

彼女が避《よ》けると俺は第三の手を添えてその簡易的な柵を飛び越える。そしてすぐさま転移魔法陣に入った。

ツクヨミ学園の魔法陣はツクヨミ学園敷地内にあるダンジョンもそうだが、他の場所にあるダンジョンの入口にも接続したりしている。ここはツクヨミ学園外のダンジョンの一つに繋がっているのだが、まだ転移先の安全が完全ではないから止めたのだろう。

転移魔法陣の先には年季の入ったレンガ造りの建物があった。すぐに身体強化を施しその入口へ行く。

その中にあるのは大きな石碑だった。その石碑には一人の女性が天使に頭《こうべ》を垂れている様子が描かれていた。

部屋の中心にはまた一つの転移魔法陣がある。しかし俺はその魔法陣を通り過ぎ、壁に手を触れようとする。

しかし手を触れることは出来なかった。

その壁は魔法を使った幻覚だった。俺はすぐにそこを進んで行くも最悪の事態が起きたのだと理解し、息をのむ。

「コッチの転移魔法陣が起動していやがる……」

最悪だと言わざるをえない。

ここは桜さんに紹介して貰《もら》ったダンジョンの一つだ。このダンジョンはイベント消化のことを考えると最低二回攻略しなければならないダンジョンである。

しかしたまたま結花が条件を満たしてしまったから。

「開いてしまった。いや、場合によってはコレが目的？」

聖《ひじり》結花のイベントを思い出せ。

聖結花がこちらに転校してくる理由は『変な』ストーカーのせいである。その『変な』ストーカーの正体はとある悪魔だ。なぜストーカーして居たかの理由は明かされない。伊織が倒してしまうから。

　でもなんとなくだが、理由は察せられる。そして狙《ねら》ってこのダンジョンに来ていたら……。

「リュディの時並みにヤバイかもな」

　最悪だ。起こる、起きてしまう。

　だけど唯一希望があるとすれば俺がいることだ。これは俺でなければならない。ならば、まず、しなければならないのは。

「すぅう、ふぅうううう」

　大きく深呼吸して考えを巡らす。もし動くならどう動くべきだろう。

　真っ先に結花が連れ去られたと思われるダンジョンへ行くのでも構わない。

　しかしここに魔法陣があるということは、別のイベントが既に発生していることを意味している。

　一人で攻略は……出来るかも知れない。一番確実なのは。

「遅れるのを覚悟で誰かを呼んだ方が良《い》い。でも長々とここで待ちたくはない」

　ならば誰が良いだろうか。とりあえず先輩にコールしながら考えよう。

　クソ。タイミングが悪い。色々考えてななみに頼み事をしたのが間違いだったか？　いやまだ彼女と対面させてはいけないだろう。ななみは瞬時に相手を悟るだろうし、ここでななみと邂逅《かいこう》させてみろ、何が起こるか分からない。

通話に先輩は出ない。毬乃さんも……駄目か。姉さんにもかけてみるか。

もし出ない場合は？　誰かを呼びたいが、暇そうで突拍子もない事でも話せばすぐ来てくれそうで、強い人達でなければならない。そのあたりを歩いている生徒に声をかけても意味が無い。

ふと二人の顔を思い出す。

彼らは言っていたではないか、困ったことがあったら言ってくれと。既に今日も会っているし彼らのスケジュールも教えて貰った。

すぐに走り出し、転移魔法陣で学園へ戻る。そしてすぐにまた転移魔法陣の上に乗るが。

今度向かう場所は……二人に会った図書館だ。

転移後、すぐに俺は走り出し、目的の場所である図書館の一室に行く。

嬉《うれ》しいことに紫苑さんとベニート卿《きょう》はまだそこにいたようだった。どうやら紫苑さんは羊羹《ようかん》を口に運ぼうとしていたようだ。しかしいきなりの入室だったためか紫苑さんは大きくはねるように驚き、羊羹を落としそうになるもなんとか皿でキャッチする。

「ほっほ、ほぁっ？　なんじゃお主か。驚かすでない」

紫苑さんは皿をテーブルに置きながらそう言った。ベニート卿は慌てている俺を見て首をひねる。

「あれ、どうしたんだい？」

俺は紫苑さんに驚かしたことを謝ったり、あえてからかっても良いのだが、いまはそんなことをしている暇は無かった。

すぐに紫苑さん達の前に行き、頭を下げる。

「助けてください」

紫苑さん達は鳩が豆鉄砲食ったような顔をしていた。


――紫苑視点――

「へぇ、許せないね」

作り笑いでそう呟《つぶや》くベニート卿を見て思わず息を呑《の》む。その内心でははらわたが煮えくり返っているのだろう。

もちろん妾《わらわ》も同じじゃ。状況はひっ迫しておる。

すぐに出来そうな学園の教師などにメッセージを送るなどをしたのち、妾達はダンジョンへと急いだ。

瀧音幸助の長いストールを見ながら。

瀧音と言えば大抵の奴《やつ》が思い浮かべるのがその阿呆《あほう》なほど長いストールであろう。彼はいつも地面すれすれのストールを使用しておるが、コレが不思議なことに地面につくことはほぼない。

それはダンジョンでもそうだ。

彼はストールに普段から魔力を通しており、その強度が異常なほどと聞いたときには腰が抜けるかと思った。常人がそんな事をしておったら一時間も経《た》たずに木乃伊《ミイラ》になってしまうことじゃろう。

彼の戦闘を見れば、その驚きは更に増した。

ストールを武器にするとは聞いていた。まるで手足のように扱うとも聞いていた。

まさか敵の攻撃を全て弾《はじ》き飛ばしながら前進するとは、拳骨《げんこつ》を落とすかのように敵を叩《たた》き潰《つぶ》すほど力があるとは思わなんだ。

その姿を喩《たと》えるならば、それは装甲車だ。しかも装甲車には特別な刃《やいば》がついている。

「次のフロアに行きましょう」

彼はそう言って抜いた刀を鞘《さや》に戻す。そして敵が落とした魔石に目もくれず、先へと進む。なんて鋭い刃であろうか。

「面白い戦い方するよね。でもとても合理的だ」

ベニート卿は瀧音を追いながらそう呟く。

「そうじゃの」

「本当に頼もしすぎるよ」

妾は卿のその言葉に頷くしかない。

また頼もし『すぎる』と、やけに言葉を強くしておるのは、物理的な強さにだけではない事は一目瞭然《いちもくりょうぜん》じゃった。

「このフロアに出ます」

そう言って彼はポケットから何かを取り出すと、それに魔力を込める。

すると彼の視線の先に二対の翼を持つ獣型の悪魔、天使の羽を生やした蛇のような生物が現れた。

するとその手に持っていた陣刻魔石が赤く光り、魔法陣を具現化させ小さな火の玉がその敵に向かって飛んでいった。

「左は任せてください。紫苑さん、右側の敵は闇属性が弱点です」

それを聞いて妾はすぐに詠唱を開始する。ベニート卿は妾の前に出てその蛇が放った光の矢を剣で弾いてくれた。

「影」

妾が魔法を発動すると妾の足元に半径一メートルほどの円形の影ができあがる。

「ゆけっ」

その言葉と同時に影は蛇の後ろに飛んでいく。そして妾は蛇が次の魔法を放つタイミングを見てその魔法を変形させた。

「出《い》でよ、掌握じゃ」

それと同時に影から黒い大きな手が現れ、そのふよふよと飛んでおる蛇を捕まえる。蛇はよく分からん奇声を上げていたが、妾の知ったことではない。

「潰せ」

その言葉と同時に黒い手は蛇を地面にたたき付ける。その衝撃で蛇は倒すことが出来たようじゃ。

瀧音の方はもう既に片付いておった。

「どうやら悪魔は火が弱点のようだね。知っていたかい？」

ベニート卿は妾のもとでそう言う。もちろん首を横に振る。卿はちゃんと口には出しておらんが、多分同じ事を思っておるであろう。

驚愕《きょうがく》せざるを得なかった。妾が一度たりとも見たことのないモンスターを、瀧音は一瞬で正体を看破し、そして的確に弱点を攻めたのじゃ。

ダンジョンやモンスターは多種多様だ。初めて行くダンジョンでは見たことがないモンスターが出現することが多く、事前に情報収集をするか、時間をかけて調べていくしかない。

しかし彼に情報収集する時間はあったじゃろうか？　時間をかけて調べる時間は？

否であろう。

元々知っていたとしたら、それはもう膨大な知識を持っていると言えよう。

一体どこまで知っておるのじゃと。

「行きましょう」

いつのまにかモンスターを倒していた瀧音は妾達を促す。

瀧音幸助は結花が攫《さら》われたことで焦っていると言っていたが、それでいて落ち着いているようにしか見えん。

「それにしても本だらけじゃの」

まるで図書館を迷路にしたかのようなダンジョンだ。本棚が壁になっており、そこからは本を取り出せん。またどんな素材なのか分からんがやけに頑丈で、この本棚が壊れることは無さそうじゃった。

「壁一面に武器が埋まっているダンジョンを知っていたけれど、こんな所もあるんだね」

「もっとじっくり見て歩きたい所なんですけど」

卿の言葉にそう瀧音は返し、前に進んでいく。

瀧音によるとこのダンジョンは、フロアに行くことでモンスターが出現する、固定エンカウントダンジョンの傾向と一致するらしい。

そして徘徊《はいかい》するモンスターはおらんらしいが、確かに一度も会っていない。

卿と一緒に瀧音の後を追う。彼に付いていくつかの広間と通路を抜けると、不意に彼は辺りを見回した。

「へぇ……」

不思議な部屋だ。今までは壁に本棚があるだけじゃったが、ここではテーブルと本棚がいくつか設置されていた。またテーブルの上には本が置かれている。

瀧音は奥にある転移魔法陣らしき物の前で立ち止まっておった。どうやら先へ進む為《ため》にはこの魔法陣を起動せねばならんようじゃ。

「古代語で何か書かれているね」

「卿は読めるのかえ」

「単語単語はね。『本』とか『魔法陣』とかは書かれてるのは分かるんだけど……」

「紫苑さん、ベニート卿、本を棚に戻しましょう」

そう言って彼は本を取ると本棚の空いた所に差し込んでいく。

「読めるのかえ？」

「ちゃんと全部は読めません。でも多分ですが本を差し込むことで道が開くのではと思って」

そう言って彼はテキパキと本を棚に差していった。

確かにその可能性はある。と妾達も瀧音と共に本を棚に戻していく。

「なんとなくで戻せるもんじゃな」

他の本はまるで鉄のように堅く収められているくせに、本を差し込むことは出来るようじゃ。また本の文字は大体古代語で読めないが、背表紙の色と厚さで大体収納箇所の判別がつくのは助かった。もしそうで無ければ妾は何も出来ん。

全ての本を戻し終えた後、すぐにそれは起こった。

本棚がゴゴゴと音を立てて、部屋の床面に吸い込まれていく。妾は扇子を手に、影を発動させておくも、使用するにはいたらんかった。

「道が開けたね」

ベニート卿は呟く。

次の階層へ行く為の転移魔法陣が光り輝いていた。

しかしすぐさま行こうという話にはならんかった。その前に休憩を入れることにはなったが、その休憩は茶を一杯飲めるかなというぐらいの、あるようでないような短いものだった。

まあほとんど戦闘をしていないからそれはそれでいい。さほど疲弊はしておらん。

しかしこの休憩で色々考えることが出来た。

瀧音幸助は化物で、成るべくして成ったのだと。

ただただ頭が良《い》いだけの奴は、考えるだけで物事が終わる事が多いと妾は思っておる。

奴らは一歩を踏み出せん。行動せんから何も起こらない。

じゃからその点を考えると後先考えない阿呆の方が、良い場面もある。彼らは阿呆ではあるが一歩を踏み出せる。失敗も多いが、運良く上手《うま》くはまることやら、友に恵まれ成功することもある。

こやつ、瀧音幸助は『知識』も『実力』も『才能』まである。それは『努力』なしではできん。そして何より『仲間思い』で阿呆以上に『行動力』もある。

なら成功せんわけがない。

よく知らん者どもからは阿呆のように見られていたが、全くそのようなことは無い。彼は計算した上でわざと行動を起こしておったのじゃろう。そうして妾達ですらなしえなかった……いや、これから先も抜かれることは無いであろう記録を打ち立てた。

ななみがご主人様が最強になると言っていたが、本当にそうなるかも知れない。あの女《モニカ会長》と瀧音ではどちらが強くなるのか分からないのだ。

あの女の強さはわかりやすい。

学園生で右に出る者はいない圧倒的強さ、誰もが従いたくもなるカリスマ性、うらやむほどの美貌《びぼう》、学年でもトップクラスの学力。完璧《かんぺき》と言って良い。

また強さがわかりやすいと言えばベニート卿《きょう》、聖女もそうだ。フラン、雪音《ゆきね》も。彼女達は強みがはっきりと見える。

しかしこやつはわかりやすい強さも備えているが、アネモーヌを連想させるような計り知れない知識と力があるように思える。

「計り知れんな」

「紫苑ちゃん？」

「すまぬ、ちょっと考え事をな」

「そうか。僕もちょっと考えていたことがあるんだ……次のフロアが見えてきたようだね」

そう言って我らは前を向く。

「次のフロアか……」

瀧音が意味深に呟《つぶや》くのを聞いて頭に疑問符が浮かぶ。

しかしそれを尋ねている余裕は無かった。

「なかなか骨のありそうなのが居るじゃないか」

そう言うベニート卿。妾《わらわ》達の足は止まり、一直線にそいつを見つめる。

「あれは妾も見たことあるのう」

全長三メートルはありそうな巨人がそこにはおった。余計な脂肪が無い筋肉質で腕の筋肉が強いのかやけに肩幅が広い。そして何となく体臭がキツそうじゃ。

「タイタンだね。普通のタイタンだ、それになかなか良い武器を所持しているようだ」

かなりの猛者《もさ》である。あやつと戦って負けるつもりなどは無いが、苦戦することは確実じゃろう。

「勝てない相手ではないですね。俺が壁になって…………えっ？」

と話していると、不意に瀧音がこれ以上無いぐらいに焦り出す。そして何かをブツブツと呟いておった。

「おちつけ、どうしたんじゃ？」

妾がそう言うと、瀧音はタイタンの先の転移魔法陣を見てくれと言う。

そこには起動している転移魔法陣と、何らかの台座のような物と……。

「真っ赤な液体、じゃの」

「それも少なくはないね」

瀧音がなぜ焦っていたのか理由がようやく分かった。彼はそれを結花の血だと思ったのだろう。

その瞬間だった。ベニート卿が瀧音の肩を掴《つか》んだのは。

「危ない危ない、飛び出しは事故の元だよ」

どうやら瀧音は走り出そうとしていたらしい。しかしそれをベニート卿が引き留めた。

瀧音は真剣な表情で口を開く。

「まだ行動に移しませんよ」

つまり、するつもりじゃったと。

瀧音のストールには酔ってしまいそうなほどの魔力が込められているのが分かる。コレが自分に向けられることは無いのだが、もし向けられたらと考えるとぞっとする。

　そんな瀧音に卿は落ち着けと言う。

「瀧音君。多分あのタイタンは簡単に僕たちを通さないだろう」

　ベニート卿の言うとおりじゃろう。タイタンは足もそれなりに速い。横を通り抜けるにしても背に転移魔法陣がある以上、何らかで気を逸《そ》らさなければならない。

「紫苑」

　卿は真剣な目で妾を呼ぶ。普段つける『ちゃん』もない。

「なんじゃ」

「瀧音君を任せたよ」

　そう言って身体強化をほどこしていった。

「僕はアイツを倒してからそっちに向かうとしよう。だから二人は先に行くと良い」

　彼は左の手で髪をかき上げると続けて言う。

「僕たちの目的は結花ちゃんを助けることだよね」

　瀧音は頷《うなず》いた。

「続いて結花ちゃんはこのダンジョンを攻略出来るかを考えよう。うん、絶対に無理だ。たとえその連れ去った相手をどうにかしていたとしても、攻略とまではいかないだろう」

　じゃあ、とベニート卿は話を続ける。

「助けるためにはダンジョンを攻略しなければならないようだ。そしてこのダンジョンを進む為にはどうすればいいかと思考が移った。どうしても必要な物があるじゃないかって思ったのさ」

　視線をベニート卿から瀧音へ移した。

「それは知識。つまり君だよ。君はダンジョンのギミックを解くことが出来る。それだけじゃない。強さもある」

「じゃが時間が余り残されておらん」

　妾はそう言ってタイタンを見つめる。だから任せたよ、なのだろうな。

「お主一人で大丈夫なのかえ？」

「僕を誰だと思ってるんだい？」

　そう、かっこつけながら言って彼は歩き出しおった。

「僕はねこう見えても式部卿なんだよ」

　一歩、また一歩。

　手にもつ剣は土属性のエンチャントを施され、まるで黄金のような魔力を纏《まと》っている。

　それでもまだ光が増しているところを見るに、魔力を流し続けているのだろう。

「瀧音君。とらわれのお嬢様を助ける役目を拝命したかったんだけれど、それは君に譲るよ」

「ベニート卿……」

　ただ、と話を続ける。

「なんとしてでも助けてあげて欲しい。もしどうしようもない状態になったら、皆《みんな》でなんとしてでも生き延びるんだ。そうすれば……」

　彼は顔半分だけコッチに向けた。

「僕が必ず助けに行くからね」

　そう言って彼は強く地面を蹴《け》る。

　タイタンは走るベニート卿を見て大きなうなり声を上げおった。

　そして手に持つ巨大な鉈《なた》を走って行くベニート卿に振り下ろすも、またベニート卿も持っていた剣を振る。

　爆発音に近い金属音がそこから聞こえた。そして自分の横を何かが通り過ぎていく。力と力。そのぶつかり合った衝撃が振動となり肌を通り過ぎていったのじゃろう。

「二人とも行くんだ！」

　彼は三メートルはあるだろうその巨体から振り下ろされる鉈を、正面から受け止めておった。妾達はその横を走り、転移魔法陣で先へ進む。

　転移した後、瀧音は少しの間転移魔法陣を見ていたが、やがて妾に行きましょうと声を

かけると走り出す。

やっぱりベニート卿はベニート卿である。

彼はイケメンだ。見た目も中身もイケメンだ。男性なのに紳士達《エロゲプレイヤー》から人気の高い理由はこういったところにあるのだろう。

通路を走っていると紫苑さんが俺に声をかけてくる。

「落ち着いてるか」

「ええ、いたって冷静ですよ」

ベニート卿が戦っているタイタンはこのダンジョンの中ボスである。場合によっては奥にいるボスよりも強敵だろう。

「なに、卿は心配せんで大丈夫じゃろう。学園で五指に入る実力者じゃ。急いで行かないとすぐに追いつかれるぞ」

正直に言えばあのタイタンをどうにかしたくて二人を連れてきたのだ。ソロで行くと言われたのは驚いたが、ベニート卿は大丈夫だろう。

それよりも問題は結花だ。

「紫苑さん、もうすぐ次のフロアなんですが、いやな予感がします」

「ほう」

このダンジョン『約束の書庫』では、とある条件を満たすことで進む事の出来る道がある。そこはイベントの起きる奥の部屋に行くためにいくつかの固定敵と戦わなければならない。

その固定敵はゲームと同じであれば次のフロアに居るのだが……ソロであればちょっと厄介な敵である。いない事を祈りたいが、タイタンも出てきていることだし。

「居ましたね」

そうなると思っていた。

「おお、おお。これまた面倒そうなのがおるの」

そこに居たのは沢山のモンスター達だった。ただ、種類は二種だけだ。一種は道中で見かけた蛇で、少なくとも十数匹。そしてフロアの奥に杖《つえ》を持った悪魔のような者が見受けられる。

またその横には次のフロアへの道が見えた。

「この数で飛行するってなるとな」

最悪だよ。ツクヨミ学園ダンジョンのハルピュイアを思い出す。

「一刻も早く結花のもとへ行きたいが、しかしこやつらを成敗するのには時間がかかるじゃろうな……お主」

「なんですか？　って、いてぇ」

振り返ると突然扇子でおでこを叩《たた》かれた。

「落ち着いておるか？」

タイタンの時と同じように焦っていないか心配したのだろうか。

「大丈夫です」

俺がそう言うと、紫苑さんはじっと俺の目を見た。

一人で行けるじゃろ。

口には出していないけれどそう声が聞こえた。

「もちろんです。紫苑さん、ヨロシクお願いしますね。終わったらここら辺で一番高い羊《よう》羹《かん》をプレゼントします」

彼女を安心させるため軽口をたたくことにした。紫苑さんはにっこり笑ってくれる。

「たわけ、そんなものいらんわ」

じゃが、と紫苑さんは言葉を続けた。

「代わりに漢《おとこ》を妾《わらわ》と結花に見せい！」

思わず笑う。漢を見せろと彼女は言うが。

「いやいや、紫苑さん。今だってイイ漢でしょう？」

「まあ、小指の先ほどあるのは認めよう、じゃがもう一押しがないっ」

そんなことを言いながら彼女は魔力を溜《た》め始める。

「そうじゃな、妾がこの辺りを吹き飛ばす魔法を使おう。ちゃんと行って救うのじゃぞ。もし救えんかったら腰抜けと学園中に吹聴《ふいちょう》してやろうぞ」

多数を相手にするのが苦手な俺では無理な芸当だ。

「腰抜けではありませんよ。ただ紫苑さんに比べれば抜けてるかも知れませんね、むしろ小さいです」

「腰が小さい？　ほう、それはどういう意味じゃ？　よもや妾の下半身やら尻《しり》をでかいと言うておるのではあるまいな？」

「まさか、俺は好きです」

否定はしなかった。面食らった様子で俺を見て、そして紫苑さんは爆笑した。

「はは、はははは。はははははは！　滑稽《こっけい》じゃ、滑稽じゃのう。ななみだけ口が悪いと思ったら、お主もしっかり悪いではないか」

ひとしきり笑うと彼女は真剣な表情になる。

「気に入った気に入った。大層気に入ったぞ。のう瀧音……なんだか余所余所《よそよそ》しくてしっくりこんのう。幸助っ、これもじゃ。なら幸《こう》……うむ。幸っ」

「はい」

「準備は良《い》いかえ？」

当然だ。

俺達はフロアに突入する。するといくつもの視線がこちらを向く。

そして各々が詠唱を始めた。

俺は近くに居た一匹をぶん殴り、今度は先へ進みながら近くの蛇に殴り掛かる。そのうちにあの蛇共は魔法の詠唱を終えたようで、息つく暇も無いぐらいにその光の矢が飛んでくる。

尽きることの無いその光の矢をストールで受け流し、時には避《よ》ける。それはまるで流星群だ。ただし流星群にしちゃ、まぶしすぎるか。

「時間稼ぎ、よくやったぞ」

紫苑さんはそう呟《つぶや》くと魔力を活性化させ、準備していた魔法を発動させた。

「幸よ、見ておれ。コレが妾の闇魔法じゃ」

空間に、緋色《ひいろ》の線が弧を描くように浮かびあがる。それは一つではない。一秒どころかミリ秒ぐらいで、いくつもいくつも、もはや数え切れない。

そしてその何本もの緋色の線は一つの大きな花を形作った。

「曼珠沙華《まんじゆしやげ》」

赤色の花がモンスターを切り裂く。その緋色に触れた蛇はジュウジュウと溶けるような音を立てながら落下し、地面に転がりもだえ苦しむ。

その傷口は真っ黒に染まり、そこからその黒は体を侵食しやがて全てが黒くなり魔素《経験値》へと変わる。

「今じゃ、いけっ！」

紫苑さんが作ってくれた道を俺は走り抜ける。


「曼珠沙華」は全キャラクターの中でも紫苑さんしか使えない固有闇魔法である。その触れるだけで溶ける呪いを食らえば最後、体は瞬く間に呪いに冒され解呪が必要となる。

リアルでは絶対に敵に回したくない相手だ。

それからいくつのフロアを抜けただろうか。

「結花っ」

そこに居たのは追い詰められていた結花。まるで巨大な人型の岩が結花に近づいている最中であった。

絶体絶命と言うべきだろう。

自分が出せる全力でそちらに向かう。しかし無情にもその拳《こぶし》は振り下ろされる。

その拳が結花に近づいていく、どんどん近づいていく。

悪い方に思考が動く。もう間に合わないだろうか。いやギリギリ間に合う。いや間に合わない。

いや、間に合わせるのだ。

と、そんな時だった。石人形の振り下ろされる拳が遅くなったのは。

なぜかその石人形の動きはスローモーションに変わる。アドレナリンが出まくっていたのだろうか。それとも石人形がなにか気になる物を見つけて行動が遅くなってるだけなのか。

いや、そんなことを考えている暇は無い。遅くなったのならそれはチャンスだ。今は早く石人形に走るのだ。走るしかない。

走れ！

耳をつんざくような轟音《ごうおん》が辺りに響く。

自分でも驚いた。間に合うと思わなかった。『火事場の馬鹿力』スキルが出たからだろうか。

そのモンスターを第三の手で思い切りぶん殴ると、更に回転しながら第四の手で殴りつつ、そして刀を抜いた。

巨大なハンマーで石を叩くような音が出たものの、そいつを切ることは出来なかった。

しかし勢いは殺せなかった。その石人形は壁際まで飛んでいく。

残念なことにそいつはすぐに起き上がった。まるでダメージを受けた様子が無い。

視線を結花に向ける。彼女はただただ呆然《ぼうぜん》と俺を見ていた。そしてその顔に書かれていた言葉が言葉として発せられる。

「……瀧音、さん？」

その体は痛々しかった。赤く腫《は》れている部分はあるわ、切り傷はあるわ、服はボロボロだわ、パンツはまたもや白だわ。もうやられっぱなしだったのだと思う。

たぶん結花はこいつに相当追い詰められたのだろう。絶望させられたのだろう。

そんな彼女を安心させたかった。だから笑いながら言うのだ。

「言っただろ、飛んでいくって」

九章 聖《ひじり》結《ゆい》花《か》

CONFIG

Magical Explorer
Reincarnated as a Eroge Hero's Friend, I'll live freely with my Eroge knowledge.

―結《ゆい》花《か》視点―

気がつけば自分は真っ暗な世界で一人脱力して水面《みなも》に浮かんでいた。

なんでこんなことになっているかは分からない。だけどそれはここでは当然のような気がした。

そこに一人の少女の声が聞こえる。顔を動かして見ればその子は大きな麦わら帽子を被って、元気よく走っているではないか。

よくよく見てみれば、それは私だった。小さい頃の私だった。その顔も、その髪型も、見れば見るほど私だ。それを見ていて不意に父に言われた事を思い出した。

『お母さんそっくりだよ』と。

どうやら私はとても母親に似ているらしい。

だけど物心ついたときには既に母は亡くなっていたから、私は母のことをよくは知らない。ただ写真が残っており、それに写っていた母はとても美人でなにより優しそうだった。

特に記憶に残っているのはひまわり畑の写真だ。鮮やかに咲き誇るひまわり達の前に立ち、麦わら帽子を押さえながらその花々に負けないぐらいの笑みを浮かべる彼女は、父の言うように私に似ていた。

『お母さんは凄《すご》い人だったんだよ』

父はいつも私にそう言っていた。

何でもスポーツ万能であり、聖魔法が非常に得意だったらしく、出会ったきっかけは母に怪我《けが》を治して貰《もら》った事らしい。

私はその血をしっかり受け継いだらしく、幼い頃から聖属性の、それも回復魔法が得意だった。父は褒めると同時にあまり聖属性の魔法を他人に見せてはいけないとも私に言った。

幼いながら『なんで』と聞いた覚えがある。

あの時、父は『悪い人に連れ去られるかも知れないから』だなんて返答したと思う。でもそれ以上にその日の夜に父がお酒を飲みながら頭を抱え『俺は一体どうすればいいんだ』と呟いていたのが頭に焼き付いて離れなかった。

私はしなければならない事や考えなければならない事が多かったせいか、他の子より聡《そう》明《めい》だったらしい。また子供の頃に仲間はずれにされた時期もあり、人の心情に敏感だった。

多分私が八方美人になってしまったのはこのときの所為《せい》だと思う。

母の故郷である法国《ほうこく》から父の故郷の和国《わこく》に引っ越したのは母が亡くなった事だけでは無く、私の事を考えてくれたのだろう。おかげで私は仲間はずれにされることはなくなり、友達が出来た。父の再婚話が出たのはそのときだった。

お兄ちゃんに初めて会ったのは再婚話が出る少し前……十歳の時だった。

今よりも更におっとりしていて、色んな魔法が使えて、甘党で、なにより優しかった。

だから私はいつも何かしらをお願いしてしまった。

そのときのお兄ちゃんの欠点を挙げるとすれば、自分を表に出すのが苦手なことと他人に流されやすかったこと、そして私にお願いされると断れないことだろう。

また、新しいお母さんに対して不満も無かった。

彼女は私を自分が産んだ子供のように、時に厳しく時に優しく愛情を持って接してくれた。そして魔法を使うことが得意だったこともあり、お兄ちゃんと一緒に魔法について教えて貰ったりもしていた。

スポンジのようにいろいろなことを吸収していくお兄ちゃんだったから、私はそれに負けたくなくて必死に魔法を練習していた。

そんなこんなで幸せに暮らしている時だった。

私が誘拐されたのは。

そのときのことはとても鮮明に覚えている。どうやら私は邪神教の信者に、生け贄《にえ》として攫《さら》われたらしい。

邪神教の信者は聖魔法を使う者を集めていたらしいから、多分私が聖魔法を使うのを見て攫ったのだろう。

ちょうど一緒に居たお兄ちゃんは私の前に立ち塞《ふさ》がって、護《まも》ろうとしてくれた。しかしお兄ちゃんは殴り飛ばされ、私はその男に引っ張っていかれた。

そのまま連れてこられた場所には私以外にも幾人かの人がいた。上は三十代ぐらいの人もいれば、下は私よりも小さな子もいる。私はそこで一人の少し年上の女性に励まされた。大丈夫、必ず助けが来るから、待っててと。その人は初めて会うはずなのにやけに既視感がある人だった。

私は他の人の泣き声を聞いていてとても不安になったのを覚えている。他人の不安というものは伝播《でんぱ》するらしく、一人、また一人と泣く人が増えた。

私が泣きそうだった時にお姉さんは私の頭に手を乗せて言ってくれた。

予言してあげる。貴女《あなた》は助かるわ。将来色んな事がおこるでしょう。でも大丈夫。信じて希望を探すの。そうすればきっと光が見えるから。

そう言われ私は励まされた。

それから私たちは移動させられ、大きな魔法陣の上に座らされた。

そして邪神教信者達が魔法を発動させると下の魔法陣が起動し、私はどんどん力が吸われてだんだん眠くなっていった。

そのときのことをうっすら覚えている。

苦しくはなかった。ああ、このまま目を閉じて死ぬんだって思ったし、覚悟もした。しかし待てども待てどもその死は訪れなかった。

そんな時だった。とても大きな手に包まれたのは。

私は眠気が限界でそれ以降のことはあまり覚えていない。

ただ『だから言っただろ』と言っていて、大きくて格好《かっこ》いい背中だったのは覚えている。

次に気がついた時、お兄ちゃんとお義母《かあ》さんが私の前で号泣していた。

お兄ちゃんは助けに行こうとして何も出来ず、むしろ殺されそうになったときに魔法剣士に助けられたらしい。

それからというもの、お兄ちゃんは助けてくれた魔法剣士に憧《あこが》れを抱き、剣、魔法、勉強を頑張るようになった。

私も自分の身を守るのもそうだけど、お兄ちゃんに負けたくなくて武術を始めた。私は負けず嫌いだったから、それはもう必死で。

だからお兄ちゃんが鍛える最初のきっかけは私が攫われた事なのだろう。

そう、私が攫われ……攫われた…………………!?

制服を着た何かが、その伸びる手が、転移魔法陣が、私は……？


「っ!?」

背中に痛みを感じて目が覚める。

起き上がろうとするも、それは上手《うま》くいかなかった。激痛が腕と腹に走って、上手く動かせない。

痛みを我慢し無理矢理《むりやり》体を起こすと、辺りを見回す。

まるで図書館のような場所だ。しかし学園にある図書館ではない。どうやら私は床面に寝かされていたようだった。

服の右腕と腹の一部分が破れており、腕と腹には引っかかれたような裂傷があり血が流れていた。

回復魔法を唱《とな》えながら前方を見る。

そこには学園の制服を着た、人間ではない何かが私から遠ざかるように歩いていた。

背中の衝撃を考えるに、私はここまで運ばれて投げ捨てられたのか？

歩いて行くそいつを見ているうちに、つい先ほどの事を思い出した。

そうだ。私はさっきアイツに魔法陣に引きずり込まれたのだ。それで……ここに連れてこられた。

私は遠ざかっていくそれをじっと見つめる。形は確かに人間や獣人に近い。だが羊のような顔をしていて、蛇の尻尾《しっぽ》が生えていて、手からはしわくちゃで長い爪が生えている。またその爪からは真っ赤な血が滴り落ちていた。

紛れもなく悪魔だろう。

悪魔の前には一冊の本が浮かんでおり、本の向こうには黒くて丸い球体のような物が浮かんでいた。またその球体の下には大きな魔法陣があり、それはビリビリと音を立てながら光り輝いている。

その悪魔は浮かぶ本にゆっくりと血が滴る爪を近づける。

ヒュイイイインと、大きな音を立てながら、本との間にあるバリアのような物を引き裂いていく。そしてその本に到達するとそのまま爪を突き立てた。

本がその腕に貫かれると同時に、黒球の下にある魔法陣がバリンと電流が流れたような音を立て消える。

ああ、あの本はあの球体を封印していたのだろう。

その黒球はドスンと大きな音を立てて床に落下した。

するとどうだろうか、その球体はぐらぐらと動くとゆっくり形を変えていびつな形になっていくではないか。

回復魔法をかけ終えた私はその正体不明の物体を見て、この場から逃げなければという思いが強くなる。

すぐさま魔力を活性化させるとパッと辺りを見回す。どうやら私は通路から距離のある場所に居るらしい。そして荷物は何も無く身一つだ。

不意にその悪魔はこっちを向いた。

「気がついたか」

そう言ってニヤニヤと笑いながら、私の方へそいつは近づいてきた。

「捜しに捜したぞ。揺さぶりをかけて居なくなった時には、確信するのと同時にとても驚いた。だがわざわざ各国を渡り歩いてきた来た甲斐《かい》があったというものだ」

その言葉を聞いてスサノオ武術学園の事を思い出す。多分こいつが私のストーカーだったのだろう。

「さあ、次の封印の場所へ行こうか」

そう言って私に向かってくるも、私は後ずさる。よく分からないけれど行くわけがない。

「言うことを聞いておいた方が良《い》いぞ。痛い目を見たくないだろう？」

逃げられるだろうか。通路らしき場所を見つけたけれど遠いか。

ガントレットは……今は無い。あればもう少し力を発揮出来るのだが、無い物ねだりをしてもしょうがない。

不意に悪魔の後ろから大きな魔力を感じ、私はそちらに意識を向ける。

どうやら悪魔も同じように何かを感じたようで後ろを向いた。

「ウガッ」

同時だった、その悪魔に鋭い氷が突き刺さったのは。その氷は一つではなかった。十ぐらいの氷が私たちに向かって飛んでくる。

すぐさま悪魔を盾にしつつその氷を回避する。その悪魔は何かを叫んでいたが四つぐらいが貫いたあたりで魔素に変わってしまった。

色々よくわからないが、とりあえず大ピンチなのはわかった。

逃げようにも出口までは距離がある。背を向け逃げようとしても次の魔法を放たれたら的になってしまうだけだ。

なら戦うか？

魔力を活性化させ、身体強化を行う。そして魔法の詠唱を始めたスライムのような奴《やつ》に向かって私は走り出した。

そして懐に踏み込むと、身体強化した腕でアッパーを入れる。そして浮いた体に正拳突《せいけんづ》きを放つ。

綺麗《きれい》に入った。そう思った。

手応《てごた》えはあったし、そいつの体は吹き飛んでいる。

「よし………って、は？」

しかしそいつは床面に落下すると大きくバウンドし、空中で体がグニャグニャと変形し始めた。そして今度は獣のような姿になると床面に着地する。

すぐに魔法陣が具現化し、そこから緑色の刃《やいば》が四つこちらに飛んできた。

「っ！」

間一髪で躱《かわ》すも制服にかすってしまったようで、瀧音《たきおと》さんが喜びそうな感じに破れている。

「え、これマジなんですか？」

呆然《ぼうぜん》とその獣を見つめる。そいつに私の攻撃が全然効いたように見えない。しかも変形？　して、しっかり四本の足で立つそいつを見て思わず吐きそうになる。

なんですかあれ？

そう問いたい。だっておかしい。さっきまではスライムのような形だったはずだ。しかし今は完全に狼のように変化している。行動もさっきとは全く異なり、こちらを覗《うかが》う様子はネコ科の動物のようだ。

突如姿を見失ったかと思えば、そいつは横に飛び跳ねていた。そして今まで見たことないような速さでこちらに近づくと、その爪が私に伸びてくる。

「あっぶなっ!?」

間一髪だった。その鋭い爪は私の太股《ふともも》に一筋の線を入れたが、それだけだ。動くことに支障が出るわけではない。

代わりにその獣に蹴《け》りを入れるも、先ほどと同じような現象が起こってしまった。

「手応えはあるのに、効いた様子が全くないんですケド」

吹っ飛んでいくその獣からすぐに距離を取り、様子を覗う。

やはり効いた様子は無く、すぐにまた形を崩し今度は大きなトカゲのような姿になった。

それは人を丸呑《まるの》み出来そうな巨体ではあったが、動きは狼型よりも少し遅いようだ。

そいつはこちらを睨《にら》むとゆっくり口を開ける。その口の中には体液はなさそうだった。しかし代わりに魔法陣が口の中に浮かんでいた。

私が横っ飛びをしたのと同時に、口の中から火の玉がいくつも、いくつも飛んできた。

すぐに回避に転じたことでその炎は避けられたが、それだけである。

トカゲに接近を許し、かみつかれそうになるのを回避するも、体が大きく吹き飛ぶ。

「えっ？」

気がつけば私は床面にぺたんと座っていた。

三半規管が狂わされたかのように世界がグルグルと回り、敵の正確な位置が見えない。

「ああ、尻尾ですかね」

多分尻尾が死角から飛んできたのだろう。脳みそが吹っ飛んでしまったのかと思った。

当たってから言っても遅いのだが、どう考えても貰《もら》って良い一撃ではなかった。

そのトカゲは再び大きく口を開けたかと思うとだんだんと変形していく。今度はゴーレムのような形だった。そいつはゆっくり、ずしんずしんと音をたてながらこちらに歩いてくる。

少しだけ相手の特徴が分かったような気がする。

相手はいくつかのパターンに変形できて、そのパターン一つ一つに個性があるのだろう。狼型なら速さ、トカゲ型ならバランス、スライム型のは魔法や柔軟性、そして今のゴーレム型は……。

「多分力っ………逃げなきゃ」

頭がしっかり回転していてどうしなければいけないか分かっている。だけど体がついて来ない。

ああ、立てない。

立とうにもバランスが崩れ、またぺたんと腰をつけてしまう。

そのゴーレムが目の前に立った瞬間、私の思考は一番働いていたと思う。

私はここで死ぬのだろう。

そう考えたときに色んなものが頭に浮かんできた。

瀧音さん。

呼び出しちゃったまま置いてけぼりだな。

なんだか瀧音さんと居るとすっごく安心できるんだよね。

なんでだろう。

ストーカーの事も話す気なんて無かったのに全部話しちゃった。

お父さん、お義母《かあ》さん。

二人にはなにも返せなかったなあ。あれだけ大きな迷惑をかけたのに。

いじめとか引っ越しとかで。

実はね、お父さんが夜中に一人でお酒飲みながら、苦しそうな顔で泣いているのを何度も見たよ。

私、何か親孝行出来れば良かったのに、何も出来なくてごめんね。

お義母さんには誘拐されたときにいっぱい迷惑かけたよね。

お兄ちゃんと一緒になって私を抱きしめてくれたとき、凄《すご》く温かかったのを覚えてるよ。

一緒に温泉旅行行く話もしてたんだけど、もっと早くに行けば良かった。

お兄ちゃん。

お兄ちゃんにもいっぱい迷惑かけたなぁ。

ホントいつもいつも迷惑をかけた。

だってお兄ちゃんって私が甘えると、苦笑しながら「しょうがないなぁ」って言ってやってくれるんだもん。

お父さんにはもういっぱい迷惑をかけていたから甘えられなくて、代わりにお兄ちゃんに甘えちゃったよね。本当にありがとう。

でも一回も戦闘では負けたこと無いんだよね。最近めきめきと力をつけてたみたいだけど、勝ち逃げになっちゃう。それはごめんね。


ゆっくりと拳《こぶし》が振り下ろされる。ああ死――。

ドゴンと大きな音が辺りに響き渡る。しかしそのゴーレムの振り下ろされる拳は一向に来ない。それどころかゴーレムは居なくなっている。

代わりにあったのは赤くて大きなストールを巻いた男性の背中だった。

凄く格好《かっこ》いい背中だった。

彼は顔をこちらに向けて笑みを浮かべた。

「言っただろ、飛んでいくって」

それはまるで小さな子供がぽかんとして居るようだった。目はまん丸で口を半開きにして呆然《ぼうぜん》としていた結花の顔は、少しだけアホっぽくて可愛かった。

だけどその瞳《ひとみ》は潤んでおり一筋の滴が頬を伝っているようだった。結花は自分の頬を拭《ぬぐ》うこともせず、じっとこちらを見ていた。

「嘘《うそ》ですよね……幻覚ですか？」

「本物だよ、こんなイケメン他に居ると思うか？」

親指で自分を指さしながら、ベニート卿《きょう》をまねてウインクする。わざとらしく言って場を和やかにしようと思ったが、結花の混乱が大きいようでツッコミは無かった。ただの痛い人である。

「どうして……」

「どうしてって、どうしてもこうしても無いだろ」

ストールを展開し、空いた手で結花をお姫様抱っこする。

後ろでは体を変形させスライム型になった『魔石涅《ませきでつ》』が魔法を発動させたところだった。

氷の刃がいくつも飛んでくるのを見るに氷の中級魔法『アイシクルレイン』だ。

「例えばだ」

　俺はすぐに第三の手を広げ飛んでくる氷の刃をはじきながら動く。

「きゃっ！」

「友達が攫《さら》われた。そしたらさ、当然する事は決まってるよな」

　この魔法は先輩に何度か使って貰ったことがある。基本的に発動地点から直線でしか発射されないし、継続して発射し続ける魔法である。その場でずっと防御していても良《い》いが、発動場所から弧を描くようにして動くのでも良い。

　来ると分かっていての回避は簡単だ。

　攻撃範囲から抜けると俺はお返しにとばかりに風の陣刻魔石を投げる。

　陣刻魔石から生み出された風の刃がその魔石涅に直撃すると、苦しそうに体をぐにゃりぐにゃりと変形させ、シュウシュウと音を立てた。

　そんな魔石涅を結花は呆然と見ていた。

「すまん。急に抱えちまって」

「いえ、その、ありがとうございます」

　少しだけだが結花の様子がマシになったようだ。俺は飛んできた石弾をストールで防ぐ。

これは土属性中級の『スタラクタイトマシンガン』か。

　今度は自分の足で避《よ》けに動く結花を見て、ある程度落ち着いたのだろうと理解する。

モンスターの攻撃が終わると不意に結花は小さな声で呟《つぶや》いた。

「なんで、来たんですか」

それは泣きそうな声だった。

「ここまで来てくれたことは本当に本当に嬉《うれ》しいです。でも……逃げてください。アイツには勝てません」

結花は絞り出すようにそう言った。

「アイツは強いです。攻撃が無効化されてしまうんです、まるで効いた様子がありません」

そんな弱気になっている結花に俺はわざとらしく、ははは、と笑う。

「なんだ、結花らしくないな。いいか、ここはな『助けてなんて言ってないし、もう少しでアイツを倒せたのに』だとか『お兄ちゃんどいて！　そいつ殺せない』とか言えばいいんだよ」

「……私はツンデレでもヤンデレでもないつもりだったんですけどね。そもそも瀧音さんはお兄ちゃんじゃないですよね」

「結花、お前は混乱している。深呼吸してよく考えろ。俺は伊《い》織《おり》お兄ちゃんの友人だぜ、ならお兄ちゃんだ。心のお兄ちゃんなんだよ」

「……っはぁ？　深呼吸は意味不明なことを言う瀧音さんがするべきでは？　現状を見てくださいよ」

おっしゃる通りかも知れない。とりあえず飛んでくる火の玉をストールで防ぎながら二人で深呼吸する。

思考を一旦《いったん》リセットして思うことは。

「さっさと終わらせて飯でも食いに行こうぜ。昨日のことがあるし仕方ねぇ。奢《おご》ってやる」

「やっぱり瀧音さんは現状見えてないですよね？」

「いや、見えてるだろ。考えてもみろ。弱そうな敵、対するは俺。イコール勝利じゃん。それに結花がついてるんだぜ、こりゃもう完全勝利だ」

「でも……」

「でもじゃぁないのさ。結花はアイツにダメージが通ってないと思っているようだが、実際はそうじゃない。受けているさ。受けているんだよ」

「え？」

「見ていろ」

ストールのエンチャントする属性を水に変える。そして結花をおいて魔石涅に向かって地面を蹴《け》った。

トカゲ型に変形した魔石涅は俺が近づいてくるのに対して口を開き火球を飛ばしてくる。そいつをストールで無理矢理《むりやり》正面突破し、振り回される尻尾《しっぽ》を第三の手でガードする。

そして正面に立つと、さっき見た結花の顔を思い出しながらその横っ面に第四の手をぶち当てる。

「おるるぁぁぁあああ！」

　そいつは勢いよく吹き飛び体をぐにゃりぐにゃりとさせながら、シュウシュウと音をたてていた。

「な、なんで？」

　結花の困惑した声が聞こえる。俺は結花の前に立つと変形が終わった魔石涅から飛んでくる石弾を弾《はじ》いた。

「アイツは凄く倒すのが面倒なモンスターでな、あんななりをしているがスライムの一種だ」

「あれがスライム⁉　てかなんで知ってるんですかっ」

　当然だ。俺はマジエク界のデータベースだった時もあったからな。人によってはドン引きするぐらいに解説をしてやりたいところだ。しかし。

「色々話したいことはあるんだが、場合が場合だ。簡潔に言うぜ」

　そう言ってアイツの様子を覗《うかが》う。次の魔法はまだ来ない。

「アイツは体を変形させる度に弱点属性が変わるんだ。弱点以外は効きにくいが一応ダメージは入っている。だけど弱点を攻撃しないと削りきれないほど体力がある」

「つまり弱点属性で攻撃しろってことですね？」

「そうだ。だから弱点を見極めるのが大切なんだ」

それを知らずに挑んでしまったら、それはもう大惨事になるのは間違いない。

「でもそんなのどうやって見極めれば……もしかして」

「そう、実はあいつらは結構簡単に見分けがつくんだ。形態もしくは使った魔法で判断できる」

火魔法を使うトカゲ型には水魔法を、水魔法を使うスライム型には風魔法を、風魔法を使う狼型には土魔法を、土魔法を使うゴーレム型には火魔法を。

それを聞いた後の結花の行動は早かった。腕に火を纏《まと》うとスライム型のそいつに向かって突撃し、発動し掛かっていた魔法陣に拳を突き入れる。

その拳は魔法陣を破壊しながら魔石涅に直撃した。またもやジュウジュウと音を立てながら苦しむ魔石涅を見て、結花は再度拳を突き立てようとするもそれは変形して避けられた。

その形を見て今度は俺がエンチャントを切り替えぶん殴る。少し失敗してダメージを受ければそれは結花の回復魔法で治してくれた。

「このままだったら楽なんだけどな」

それを何度も繰り返し、勝利のパターンのようなものが出来てきた時だった。

今までとは違った形態に変化したのは。

スリムなゴーレムというべきか。体形は人型だが頭には巻き角があり、背中には黒い翼が生えている。そして右手には真っ黒い長剣が握られていた。

「瀧音さん、こいつの弱点はなんなんですか⁉」

少し距離があるところに居たため、叫ぶ結花。

それと同時に動き出す魔石涅。ああ、纏う魔力を見れば分かる。コレはヤバイ奴《やつ》だ。片方だけでは足りない。左右のストールを重ねて受けなければならないだろう。

振り下ろされる剣。前に展開する第三第四の手。耳をつんざく轟音《ごうおん》が辺りに響く。それもベニート卿がタイタンの攻撃を防いだときと同じくらいの音だ。

「弱点は……闇以外全部だ」

魔石涅の攻撃で体中がビリビリと振動する。さてどうするかと考えていると視界に足が見える。

ああやべぇ。めちゃくちゃ速い蹴りが来るっ……。

「ぐぇっ」

「瀧音さん⁉」

とっさに腕でガードしたものの、その威力は絶大だった。

結花の回復魔法がすぐに飛んでくる。ああ、本当にありがてぇ。腕が折れ内臓が体から飛び出したかと思うほどの衝撃だった。

ああ、血は飛び出してるみたいだ。

「結花、気をつけろ。今の悪魔型は弱点が沢山増える代わりに全ての能力が一気に上がる、暴走状態だっ」

背水の陣といって良《い》いだろう。追い詰められたそいつは防御を捨て攻撃に転じたのだ。

さあ、今度のターゲットは回復魔法を使った結花のようだ。彼女に向かって剣が振り下ろされる。結花はステップしてなんとか躱《かわ》しているが、ダメージを受けるのは時間の問題だろう。

俺はすぐに割って入るとその攻撃を受け流す。

その攻撃力は馬鹿に出来ない。まともに剣を受ければ綺麗《きれい》に真っ二つにされることだろう。

「瀧音さんはこいつを弱そうって言いましたよね？　どこが弱そうなんですかっ⁉」

バレてしまったか。はっきり言おう。相手は格上さ。なんで中盤に戦う敵と、今ここで戦わなければならないんだ。

一人だったら間違いなく逃げていたさ。どうしてわざわざこんな強敵に挑まなければならないんだよ？　死ぬリスクがクソ高いってのに、ちょっと色がついたぐらいの経験値を貰《もら》って、代替の効くドロップアイテムを入手したいか？　いいや、ちっとも思わないね。

でも結花がいるって言うんなら話は別だ。

攻撃を捌《さば》く。また来る攻撃を捌く。そして隙を見てちまちまと攻撃を入れる。

今の魔石涅はイカロスの暴走状態並みか、それを超えるぐらいの能力だろう。

そんな奴に俺は勝てるだろうか。当然勝てるに決まっているよな。だって今の俺は、

「私を忘れてないですか、隙だらけですよ！」

一人じゃないから。

攻撃を受ければ結花が回復してくれる。結花がピンチの時は俺が庇《かば》う。タイミングを見計らい連係する。

まるで自分がもう一人居るぐらい呼吸が合っていた。

もう負ける気はしなかった。

魔石涅が業を煮やしたのか、かなり大ぶりで闇の剣を振り下ろそうとする。しかしそれは、結花のアッパーで止めた。そして彼女は俺を呼んだ。

「瀧音さん！」

「任せろっ!!」

結花の攻撃で魔石涅は腕が垂れ下がり、体は宙に浮いている。ガードも回避も出来ない。

このチャンス、絶対に逃さない。

結花の前に飛び出し更に一歩を踏みだす。そして溜《た》めた力を開放し刀を抜く。

どこを切れば良いかの線は見えていた。

後は閃《せん》を描くだけだった。


ゆっくりと魔素に変わっていくそいつを見ながら結花は俺を呼ぶ。

「ねえ、瀧音さん」

「なんだよ?」

「今日は、色々ありがとうございます。それと……」

「それと?」

彼女は顔をこちらに向ける。

「今日はメニューの端から端まで注文しますね。覚悟してください」

そう言って彼女は満面の笑みを浮かべた。

呆《ほう》けた結花もまた可愛いのだが、やっぱ笑っている結花が一番可愛い。

十章　その名はギャビー　ガブリエッツラ・エヴァンジェリスタ

撃破してすぐに紫苑《しおん》さん達とは合流が出来た。何でも最後辺りは戦闘を見ていたようで、よく倒せたなと褒めちぎってくれたのだ。

褒めてくれるのは嬉《うれ》しいが、どうせなら参戦して欲しかった。もちろんそんなことは言わず、しっかりお礼は言った。ただベニート卿《きょう》から意味深な笑みで「先に謝っておくよ。ゴメンね」と言われた。何の事か分からない。

また紫苑さんは結花《ゆいか》をとても気に入ったようで、後日会う約束を取り付けていた。

それから俺と結花は元気よく飯を食いに行く、なんてことは無かった。

俺も結花も卿も紫苑さんも全員が疲労困憊《ひろうこんぱい》で、ダンジョン前に来ていた姉さん達に状況を説明するので体力の限界を迎えた。

攫《さら》われた結花は今日寮に戻すのは忍びないという毬乃《まりの》さんの一言で、花邑《はなむら》家に泊まる事が決定。

そして俺たちはご飯を食べて爆睡し、気がついたら日はしっかり昇っていた。

　ななみは自分抜きで結花を助けにダンジョンに行ったことを少し根に持っているらしく、『別にご主人様のことなんか全然心配してないんだからね』とか『私《わたくし》をおいていくとは良い度胸だ』だなんて言い始めて、俺は働かない頭でツッコミを入れるハメになった。

　朝から何をさせてるんだお前はと言いたいところだが、甘んじて受け入れよう。

　ななみはヤバイくらい心配していたようで、一人でダンジョンに突入しそうだったらしいから。


　階段を下りてリビングに行くと、ついさっき起きたらしい結花がいた。

　髪を下ろした結花はとても眠そうに目をこすっていた。

　それから身支度を調えると時間はお昼を過ぎ、おごり忘れてませんよねとのお言葉を頂戴《ちょうだい》する。今？　それはちょっとめんどくさいなぁと顔に出てしまったのだろうか。

　だけど『ランニングマシーン』と言われてしまえば『はい、よろこんで』と言わざるをえなかった。


「っはぁー！　とっても美味《おい》しいですねぇ！　瀧音《たきおと》さん！」

　燦々《さんさん》と輝く太陽の下で本当にメニューの端から端まで注文しようとした結花を止め、俺たちは店のオープンテラスで優雅にブランチを楽しむ。

「そりゃぁ俺のおごりで学園をサボって食べるランチは美味しいに決まってるよな」

「サボりじゃ無いですよ、サボりじゃ！」

と、結花は言いながらパスタを口に運ぶ。

確かに毬乃さんが今日は特別に出席扱いにしてあげる、と言っていたのでサボりでは無いか。でも皆《みんな》が勉強している最中、こうやってランチを取ることはどことなくサボりの雰囲気があるように思う。

食事を食べ終わって食後のコーヒーを飲んでいるときだった。不意に結花が真剣なトーンで話し始めたのは。

「瀧音さん……ありがとうございます」

「おう、満腹になれたんなら良かったぜ」

声のトーンで何となく本心は分かったが、そう言って流すことにした。俺は別にそんな気にして欲しいわけじゃない。何より面と向かって言われると照れるんだ。

「違いますよ、違います」

だけど結花はしっかり言いたいみたいだ。

「私を助けに来てくれて、ありがとうございますって事ですよ、実は惚《とぼ》けてますよね？」

俺がわざと顔を逸《そ》らし斜め上の方角を見ると、結花は苦笑した。

「あの時もう、死ぬんだって思ったんです。お父さんとかお義母《かあ》さんとかお兄ちゃんの顔がフラッシュバックして。まだまだしたいことがいっぱいあったのに何も出来てなくて……私はこのまま死にたくないなって思ったんです。だからありがとうございます」

「……ばか、気にすんな」

「気にしますよ。もちろん気にします、気にせざるをえないじゃないですか。それで、ですね」

「なんだ？」

「もし次に瀧音さんが困ったら私を呼んでください。今度は私が力になります」

「そんなこと言って良いのかよ、俺は一部の学園生にマニアだと思われているが、本当にそうだぜ？　危険なダンジョンに一緒に来て貰うぞ」

「ええ、行きますよ。私に手伝えるなら。それに何かあったら瀧音さんは」

　そう言って彼女は上目遣いでこちらを見る。

「私を護《まも》ってくれますもんね？」

「……当然だろ」

　いつもの笑顔ではなかった。ちょっとぎこちなくてどこか恥ずかしそうな笑みだった。

「ねえ瀧音さん」

「どうしたんだ？」

「そのですね、ちょっと恥ずかしくて言いにくいんですけど……あの時の瀧音さんのせな――」

「たぁぁきぃぃぃいいいおとぉぉおおこうぅすぅぅぅぅぅけぇぇぇぇぇぇぇ」

　突然結花の言葉をかき消すような叫び声が聞こえたと思いきや、一人の女性が怒濤《どとう》の勢いで店内に入っていく。

『今度はにがしませんわぁぁあああああ！　瀧音幸助《こうすけ》はどこにいらっしゃるの⁉　アナタ、早く答えなさい』

　店の中で叫ぶ声が聞こえる。

　あ、これヤバイやつだ。なんかわかんないけどガチギレボーボー大爆発してる。なんでこんな所に、マジでなんでこんな所にギャビーが。

「結花……行くぞ」

　喚《わめ》き散らす声を聞いて面食らっていた結花を促しながら、お金をテーブルの上に置く。

　そして立ち上がると腰を折り、こっそりと逃げようとした。しかし彼女は俺たちが逃げる前に店から出てきた。

「み、見つけましたわっ！　やっとやっと、見つけましたわあぁぁぁあっ！」

　結花の目線が声の方へ向く。姿を見なくてもいい。その声だけで彼女が誰か理解した。なんでこのタイミングなんだろうか。いやついに来たかと言うべきか。

　来ると思っていたさ。エロゲの幼なじみヒロインが実は処女であるくらいの確信があった。

結花と一緒に振り向くと、そこに居たのは案の定彼女だった。

リュディよりさらに黄色みがかった金髪。それをまるでドリルのようにぐるぐると巻いた特徴的な髪。

また怒りのためか、体が小刻みに震えていた。

「いつもいつも隠れて。今回だってこんな所に！」

「いやオープンテラスだから全く隠れてなかったんですけど……」

結花がそう正論を言うも、もちろんギャビーは無視である。ああ、そんなところもギャビーらしいな。

彼女のことは、好きか嫌いかで言ったら嫁である。そもそも彼女みたいなお嬢様キャラはゲームが違えど全員大好きだった。多分女装して学園に通うエルダーのゲームがその思いの根源だと思う。

「ううう、いつ訪ねても学園にはいない……いつもいつも居ない。学園に来たと聞いて教室に行ってみればいないない！」

それに関してはすまない。元々学園に来ないのもあったけど、ベニート卿に根回し終えるまでなるべく避けて行動するつもりだった。そういやベニート卿にお願いするのすっかり忘れてたぜ。

でもちょっとストーカー入ってないですかね？

「テストを全く受けないのに学年一位だなんて……」

まあ、総合評価はそういう仕組みだから仕方がないんだが。

「それに学年一位の後は式部会入りだなんてっ！　姑息《こそく》な真似《まね》をしたに違いありません！」

なんだろう、来ると分かっていたからだろうか。すごい言いがかりをつけられてるんだがストレスを感じず、心が落ち着いている。それどころかこの暴言が心地《ここち》好《よ》い。やっぱギャビーはコレだよなぁ。

「あろうことかお兄様まで…………キィィィ！　言っ語道断ってですわっ！　あなたは私《わたくし》をこれ以上ないくらいに怒らせましたっ！」

……あ、これベニート卿がなんかしたパターンだ。さらに怒らせたのである。あとで『ゴメン（笑顔）』なんてメッセージが飛んできそうだ。

「私は……そのようなこと、断じて、断じて許せませんわ！」

「いや、ズルはしてないんだが……」

「嘘《うそ》をおっしゃい！」

あ、こりゃだめだと心の中でため息をつくと、激高する彼女から視線を外し結花の様子を見る。

彼女は普段の笑みが消失していて、あっけにとられているようだった。まあ、ギャビーのインパクトは強いから仕方がないな。

………それにしても面白い状況だよな。

式部会メンバーの俺『瀧音幸助』。

式部会へ入会する可能性があるベニート卿《きょう》の妹『ギャビー』。

そしてイベント次第ではあるが、三会どれにでも入会することが可能なヒロインであり聖《ひじり》伊《い》織《おり》の義妹《いもうと》『結花』。

まさか式部会に関連するキャラがそろってるだなんて。

「瀧音幸助っ！　私《わたくし》、ガブリエッラ・エヴァンジェリスタと正々堂々勝負なさいっ‼」

さて、どう回答するかと思案していると代わりにといって良《い》いのか、口を開いたのは結花だった。

「ま、まあまあエヴァンジェリスタさん、落ち着きましょう」

「あら、どちら様ですの？」

「初めまして、聖結花といいます。それで、ちょっと話が見えないので一体どうしたのかなーと？」

「簡単なことですわっ！　そこの彼が、卑怯《ひきょう》なことをして学年一位を得たんですのよ！」

まあ確かにテスト日にダンジョン潜るって、見方によっては卑怯だとは思う。そんなのありかよ！　とはなるし。

「まあまあ、確かに卑怯かもしれないですけれど、ルールの裏側をついたってことで見逃しませんか？　次回から皆がダンジョンへ挑むでしょうし、今の順位も大きく変わると思いますよ。それで見返してやりましょう！」

それで引き下がってくれればいいんだけど、ギャビーなんだよなぁ。

あと次回のランキングだが、俺以外の台頭によって彼女の順位はさらに下がると思う。ただ、ギャビーがダンジョン攻略とテストをめちゃくちゃ頑張れば俺には勝つことが出来るかもしれない。次回は一位なんて絶対狙《ねら》わないし。

そもそも今回は可能性の種と三会入会を中軸に計画を考えていたから一位を狙ったのであって、次回一位になったところで貰《もら》えるのはアイテムとポイントぐらいだ。ダンジョンでそれ以上の価値のあるアイテムを入手できるのに、わざわざ一週間をつぶしてテストを受けるなんて、時間の無駄にもほどがある。

もしテストを受けるぐらいなら、気分転換に数日の休みを取った方がいい。風紀会や生徒会に入会していたら話は変わってくるんだけど。

「まあ次回は私《わたくし》が一位であることは当然ですわね」

ギャビーらしいセリフだ。自慢げにそういう事をさらりと言うところがすごく良《い》いんだよな。ついでに言えばほぼ負けちゃうところも大好きだ。

そして一位を取る宣言したところ悪いのだが、次回はリュディが一位をとると予想する。

もしくは俺と一緒にダンジョン攻略をして、さらにテストを真面目に受ける人だ。

次いで伊織たちか？　もしななみが真面目にやれば一位も取れそうだけど、彼女は俺がテストをさぼれば確実にさぼるだろう。

究極的には卒業すらどうでもいいとか言いそうだ。

まあ「就職先は未来永劫《みらいえいごう》ご主人様です」ってガチで言っちゃうからな。頼りになりすぎて本当に居てほしいわ。

「だが、ですわっ！　ズルをしたことは許せません！　そして何より、何よりもです！」

日傘を持った手でビシッと俺に指を差す。

「あなたがお兄様を懐柔して利用しようと企《たくら》んでいるのだけは、絶対にずぇえええええっったいに許せませんことよ！」

……聞く限りだとベニート卿が引き金だったっぽいなぁ。ベニート卿の一言で暴走してイベント発生なんてこともあったし、今回もそれなのだろうか。結花もだけど、重度のブラコンなんだよなぁ。

と俺が悟りを開いていると結花がぼそりと小さな声で耳打ちしてくる。

「瀧音さんって何か企んでるんですか？」

「企んでるわけないだろ。逆に聞きたいんだが、企んでるように見えるか……？」

式部会でどう悪名を得るかは考えていた。ベニート卿が一肌脱ごうかなんて話もでたが、それは式部会メンバーで話し合って決めているし、なによりベニート卿をどうこうしようだなんて思ってない。

「聖結花さんでしたわね。この卑怯者のそばに居るのはおやめなさい。自身を下げることにつながりますわ。でも今なら取り返しがつきます」

ギャビーがそう言うと、結花は首をかしげる。

「瀧音さんって卑怯者ですかねぇ？　紳士的ですし、強いし、何より優しいですよ」

そう言って結花は俺の腕を取るとにっこり笑う。そして俺を見てパチッとウインクした。

あー可愛い。伊織はこの子にお兄ちゃん呼びされているのか……天地がひっくり返って俺のことをお兄ちゃんと呼び始めたりしないだろうか。

ギャビーは俺の顔を見てわなわなと震えていたが、やがて耐えきれず吹き出した。

「プップフー。あらやだ申し訳ございません、思わず吹き出してしまいましたわ。それにしてもププ、紳、士っ的っっっですか」

まあ強い優しいはともかく、紳士であることには自信を持っている。変態が付くけど。

それにしても、やべーよホントやっべーよ。ギャビーってば本当に可愛いんだよなぁ。海と陸が逆になるような奇跡でも起こってお兄様と呼んでくれないかな。

「冗談もっっほどっっっ、ククク……、ほどほどっ、に、していただけないかしらっ。ふ、ふぅ、こんなのを紳士だなんて、結花さんもずいぶんとまあ悲しい生活を送ってきたようで」

たまたま結花が俺の腕を取っていたからだろうが俺には聞こえてしまった。彼女が「は？」と小声で言うのを。

そして腕に巻き付く力がだんだんと強くなっていく。

俺は全神経を腕に集中させ、小ぶりだけど柔らかさとほんのすこしの固さがあるその…………って痛い痛い痛い痛い痛い痛い痛い痛い痛い痛い痛い痛い痛い痛い痛い！

「ゆ、ゆいか。落ち着け、落ち着くんだ」

小声でそう言うも、結花は抱腹絶倒のギャビーを見て、顔に笑顔を貼り付けたまま微動だにしない。

「ええとですねぇ、そもそもですけどー、あなたはぁ式部会のことをぉ詳しく知っているんですかぁ？」

声ぇぇぇ、声が怖くなってるよ！

「あら、私《わたくし》はお兄様が式部卿ですのよ。無論、存じ上げておりますわ！　そうそう、紳士とは私《わたくし》のお兄様のことを言うのですわ！」

「あっ、そーですか。なら察せるんじゃないんですかぁ？　式部会はぁ色々と話せないことがあるんですよ？」

「いーえ、私《わたくし》は正式な学年一位ですわよ、三会に内定していますの。ですから結花さんが知らないようなことも聞いておりますわ」

　さらっと自分を一位にしちゃうところがまたギャビーの良いところだよな。

「そもそもお兄様が私《わたくし》に隠し事をするなんてあり得ませんわ。ですのに瀧音幸助のことであんな言いよどむ上に、私《わたくし》が文句を言うと変なフォローを入れるだなんて、この男が何かしたに違いありませんことよ！」

「へーお兄さんはあなたのブラコンぶりにドン引きして言いよどんだのではー？」

　ちょっっっっっっっっっっっっっっっっっっっ!?

「そういえばあなたのお兄さんって式部卿なんですよね、あなたを見ていると式部卿のお里が知れますよ。式部卿さんはすぐに辞任して瀧音さんに譲った方が良さそうですね」

　ちょっと待って、結花さん！　な、なんで煽《あお》ってんデスカ!?　ギャビーに煽られるのは想定内だけど、こっちは想定外だよ!?　あと腕痛いです、締め付け強くなってる！

「……お兄様の悪口は許しませんわよ？」

「いやだぁ。そう見えただけですよ。それにしてもエヴァンジェリスタさんって、頭にあんこが詰まってるんですね。びっくりしちゃいました！」

　あああああああああ！

「……謝罪なさい」

「じゃあまず瀧音さんへ謝ってください」

「謝罪する必要なんてございませんわ」

「じゃあ、私も謝る必要ないですねー」

ちょっと待って何この状況⁉　二人とも体から魔力があふれ出てるんだけど⁉　ゲームでもこいつらの対立なんて全くなかったぞ⁉　しかもブラコンキャラ同士の仲良しにまでなったぐらいだってのに、一体どうしてこうなってるんだ⁉

「……ここには倒さなければならない虫が二匹居るようですわね。口の悪い虫共が」

「ええと自己紹介ですかねー？　あとここには一匹しか虫はいらっしゃいませんよ？　大丈夫ですか？　あ、それがデフォルトでしたか、失礼しましたっ！」

だれか助けて……！　だれかこの状況なんとかして！　あと腕に回復魔法かけて……。

「……覚悟はよろしくて？」

「私の台詞《せりふ》ですよ？　今謝れば許してあげなくもないです」

目線が交差し、バチバチと音を立てている。

俺はもう駄目だと空を見上げる。ああ、今日は良い天気だなぁ。

十一章　謎

「なんてことがあったんですよ」

結局結花《ゆいか》とギャビーはその場で戦う事はなく、後ほど決着をつけようということで話がまとまっていた。

「大変だったわね」

毬乃《まりの》さんの部屋に行くと、彼女は快く俺を迎え入れてくれた。仕事中だったのか、テーブルの上には書類があり、何らかの魔法陣と文字が書かれている透過ディスプレイが浮かんでいた。

「ええ、ホント色々と大変でしたよ」

毬乃さんは俺にコーヒーを出すとソファーに腰掛ける。そして自分で注いだコーヒーを一口飲んだ。

俺は「ありがとうございます。いただきます」と言ってコーヒーを一口飲む。イチゴジャムのような甘い香りがするコーヒーだった。

コーヒー特有の苦みが口の中に浅く広がるも、それはすぐに酸味に変わった。

「凄《すご》く美味《おい》しいです。何よりも香りが凄い」

「気に入ってくれて嬉《うれ》しいわ。法国《ほうこく》産の豆でね私のお気に入りなの、良ければ後で分けてあげるわ」

「是非お願いします」

「後で部屋に持っていくわ。蒸らす時間に注意よ、長すぎても短すぎても香りが引き立たないの……それで、本題にいって貰って良いかしら」

「ええ、お願いします」

「ここだけの話よ？　ホントはね、結構忙しいの。でもね大好きなコウちゃんの事だから仕事を止めて会話してるのよ。これポイント高いかしら？」

「瀧音《たきおと》ポイントがあれば、加算されてるかも知れないですね」

「あら～♪」

そう言って両頬に手を当て照れるように体をくねらせる。わざとらしい。わざとらしすぎる。あなたは自分を何歳だと思ってるんですか？　可愛いので当然ポイント加算だ。

「ごめんなさい。それでなんなの？」

「俺は毬乃さんに聞きたいことがあったんです」

「うんうん、それもかなり真面目な話よね。敬語を使うときはいっつも私、身構えちゃうんだから」

「ご察しの通り、それもかなり大きな話ですよ」

多分答えてくれないだろう、もしくは嘘《うそ》をつくのではないかとも思っている。

「毬乃さんの事です」

「スリーサイズまでなら良《い》いわよ」

「知りたいか知りたくないかで言えば、知りたくないと見栄《みえ》を張りながらこっそり知りたいと思いますが、それは今回関係ありません」

「ふふふ、ありがとう」

「そんなのはどうでも良いんです、俺の中で大きな疑問がありました」

それはゲーム版でほとんど語られなかった『花邑《はなむら》毬乃』についてだ。

「結花の話を聞いて、魚の小骨が喉《のど》に引っかかるような違和感を覚えたんです」

「結花ちゃん？」

「編入についてです。それでルイージャ先生にお願いして編入について調べてもらいました」

「……納得したわ。普段なら一切調べないようなことを調べていたもの」

聞くところによると、ツクヨミ魔法学園に編入は珍しい、しかも新学期が始まってすぐには前例が無い。そして。

「結花に関して、毬乃さんが強引に編入を勧めたらしいですね」

「コウちゃんなら知っているでしょう？　彼女の強さを、すごさを」

「知っていますよ。三会会長達よりも、彼女の友人よりも、義兄《あに》である伊織《いおり》よりも」

　本人が知らない事すらも知っている。

「なら分かるでしょう？　あんな実力者をスサノオ武術学園になんてもったいないじゃない。学園大会で強大な敵になるでしょうし。それに……」

「ストーカーの件ですか」

「そうよ、助けたかったの」

「助けたかったのは本当でしょう。でもそれは表向きの理由ですよね？」

「へぇ……？」

　毬乃さんの俺を見る目が変わった、ような気がした。

　それは変わってないかも知れない。現に表情は一切変わっていない。でも辺りの雰囲気が重くなったし、気を張っていないと部屋がぐにゃりと変形しはじめ、やがて自分が押しつぶされそうな予感がした。

「ルイージャ先生は日時とか決まりとか、こと細かく調べてくれました。要約すると普通じゃあり得ないぐらいに無理矢理《むりやり》だったそうです。それもこの町に来るまでボディガードまでこっそりつけてましたよね？」

「……なんでボディガードの事を知っているの？」

「すみません、これは適当に言いました」

「はぁ。コウちゃんと話していると、まるでグローバル会社の社長や王族と言質の取り合いをしている気分になるわ」

毬乃さんはそう言ってコーヒーを口にもっていく。

「なぜそこまでする必要があったのか？　過剰すぎる。それは表向きの理由だけでは考えられない。だから俺は別に理由があるのではないかと思った」

そう、毬乃さんは知っているのではないかと。

だけど疑問なのだ。なぜ知っているのだ？　結花本人や義兄の伊織すら知らない事を。

ゲームでも非常に重要な役割である『あのこと』を。

ななみの時も実はそうだった。

ダンジョンメイドで様々な事を喋《しゃべ》ることに制限がある彼女と、なぜかよく話をしている。

だからこそ何か知っていて、不思議な立場についていることは察していた。

それにあの天使についても疑問だ。毬乃さんの立場で彼女について何も知らないわけがない。自分の活動する場所に居場所を与え続けるのは、知っていてではないのか。

疑問が尽きない。だから今回問うのだ。

たとえ自分が毬乃さんにどう思われようとも、すでに突拍子も無いことをしまくっている。なんだこいつと思われようと、今更だ。

「毬乃さんは結花に『変な』ストーカー被害があると知り、急いでこちらに呼び寄せた」

それは護《まも》るためだろうか、利用するためだろうか。

「知ってるんでしょう、毬乃さん」

転入させてくれたことは助かる。だってこの学園には俺も伊織もいるから。

だから今回のように、彼女の血を利用しようとする輩《やから》から護ることが出来る。

「『聖《ひじり》結花』が『初代聖女の血縁者』であると」

花邑毬乃は何も言わなかった。

ただいつも通りの笑顔でこちらを見るばかりだった。

だからそれが答えなのだろう。

十二章 それはエロゲの主人公

もう、衣替えの時期だ。

吹き付ける風は暖かく、日差しは熱く、街を歩く人々は薄着になってきた。

ストールに氷の属性をエンチャントしているおかげでさほど暑さを感じてはいないが、オレンジなんかは上着を脱いでいたりするし、他の学園生は手で顔を扇《あお》いでいたりもする。

「もうすっかり散っちまったな」

延びる一本道を見て、ため息をつく。

あれだけ美しく彩られていた桜並木は一足早く衣替えを済ませたようで、穏やかで落ち着いた萌黄色《もえぎいろ》に染まっていた。

鮮やかな桜色と花びらが舞い落ちる桜道も素敵ではあるが、完全に散ってしまった今の素朴な美しさもまた別の魅力がある。このまま木に寄りかかって、じっくり観賞をするのも趣があって良いが、残念ながら約束の時間は迫っている。

チラリと辺りに目をやるも、周囲には誰も居ない。

午前の授業が今始まった事を考えれば当然だろう。しかし指定された時間は授業が始まった今の時間だ。待ち合わせの場所には既に人が居た。

そいつは暗い色のショートヘアで、イケメンでもブサメンでも無いちょっと可愛らしいがいたって平凡な顔だった。暖かくなった今でも学園の制服を崩すことなくきっちり着こなし、学園が推奨している鞄《かばん》を持っていた。

以前のように閉まっている門を見ているが、しかし、途方に暮れている様子ではなかった。

「あーあ、閉まってるよ」

俺はわざとらしくそう言って近づき門を見つめる。そして主人公に向き直った。

「よっ、伊織《いおり》」

「おはよう。幸助《こうすけ》君」

伊織は笑顔で返事をしてくれた。

「だんだん暑くなってきたな」

「そうだね。数日前に里菜《りな》と委員長とオレンジ君とアイスを食べてきたよ」

「里菜？」

俺がニヤニヤしながら言うと、伊織は苦笑いした。

「里菜から『アンタには負けないからね』って言われちゃったんだ。そのときに名前で呼べって」

　カトリナからライバル認定を受けたのだろう。順調に進んでいるとも言える。そう呼ばせるのは伊織に力があると認めたからだろうから。

「でも里菜は幸助君にも負けたくないって言ってたよ。そして力の差があることも認めてた。それは……」

　少しして彼はため息をつくも、その後を伊織は話さなかった。

「それで、今日来て貰《もら》った事に関してなんだけど、ゴメンね、こんな時間に」

「まあ、それは気にしてないさ。結花《ゆいか》に何でサボってんですかって半ギレメッセージ貰ったくらいかな」

　俺がサボるのはいつもの事だっていうのに。

　肩をわざとらしくすくめると伊織は苦笑する。

「今日はその件についても話したかったんだ」

　そう言って伊織は勢いよく頭を下げた。

「ありがとう」

「なんかしたとも思ってないぜ。気にすんな」

「それでもだよ、ありがとう……幸助君は結花の過去を聞いたことがあるかな？」

　知っているが聞いたことは無い。

「知らないぜ……そうだ、ちょっと話が変わるんだけどさ。一つ聞かせてくれ」

この話をするなら結花から直接話して貰った方が良いだろう。もしかしたら結花は知られたくないのかも知れないから。だから俺は話を変える。

「なんだい？」

「お前はアレだろ、誕生日の零時ぴったりにメッセージを送るタイプじゃないか？」

多分伊織は結構ロマンチストなのだろう。記念日とか、誕生日とか大切にするタイプだ。じゃなければわざわざこんな時間にここへ呼び出したりしない。

「確かにそうだね。タイミングと時間を見計らって送るよ」

ふふっと伊織は笑う。だからどう考えてもアレの事に関係があることは明白だった。

「午前授業が始まった、学園前。閉まった校門。俺とお前」

そのとき俺たちは出会った。そして何週間か一緒に行動をした。

この期間、俺たちには一体何があっただろうか。

「俺はお前と一歩を踏み出してから色んな事があったぜ」

「僕もだよ」

一つ言えることに、俺たちはめまぐるしく日々を過ごし成長してきた。成功も失敗もどちらもあっただろう。

「僕ね、幸助君を見て最初は凄《すご》く驚いたんだ」

「なんだこいつ、でかいストールつけてんな？　だろ？」

「ふふふ、それも驚いたけれど違うよ」

「じゃあ門を乗り越えて注意されたときの事か？」

　伊織は、楽しそうに笑う。

「あったあった。それも確かにそうだけど、違うよ。ねえ、幸助君はなんとなく察してるんじゃないかな？」

　もちろんだ。ここまでそろえられれば分かる。

「僕がまだ小さい頃にちょっとした……いやニュースになるくらいの事件に巻き込まれて、助けて貰ったことがある」

　伊織は何かを懐かしむかのように天を仰ぐ。

「その時さ、助けてくれた人に対して思ったんだ。ああ、格好《かっこ》いいなぁ。僕もこんな風になりたいなって。僕はそのとき家族を守れなかったから」

　コレは結花の過去の話だろう。しかし俺は聞くのを拒否した。だからこんなしゃべり方をするんだろう。そこで伊織の顔が下を向いた。

「でもさ、思うのには限界があるんだよ」

「限界、ね」

　結花の事を思い出しているのだろうか。悪魔に襲われたことを思い出しているのだろうか。目を伏せ歯を食いしばり、握りこぶしを作っていた。

「そう。僕がどんなに助けたいと思っていても、僕がどんなに行動を起こしても、力や知識が足りなければ何も出来ないんだ」

ゆっくり伊織の手が解《ほど》かれる。

「それがきっかけで、誰かに何かあったときに皆《みんな》を守れるようになりたいと思ったんだ」

伊織にそう言われ、ふと考えていたことを思い出した。もう物語の皆とはずいぶん変わってしまったなと。以前から理解していることがあった。

この世界は俺からすればゲームが現実になった世界だった。しかしこの世界には一人一人ちゃんとした人格と思考がある。

確かに性格はゲームと大体同じだけれど、この世界の彼らは当然のごとくゲームのキャラクターなどではなく、生きている一人の人間だ。

ゲームと全て同じ訳ではないし、彼らは成長する。それは弱体化かもしれない、でも強化かもしれない。伊織は強くなっている。力だけではない。心もだ。

「幸助君。僕はモニカ会長に言われたんだ。生徒会に入りなさいって」

伊織がモニカ会長に目をつけられるのは当然だと思う。ようやく来たか、そう思うぐらいだ。

「僕はその時点では即答できなかった」

「なんでだ？」

「だってさ、今の僕が入ったところで本当に彼ら彼女らの一員として働けるかな？　って思ったんだ」

「働けるさ、そりゃ今からでも」

「同じことをモニカ会長にも言われたよ。またこんなことも言われた」

伊織は小さく息を吐く。

「瀧音《たきおと》幸助になりたくはないか。いえ瀧音幸助を超えたくないかって」

「……ったく、あの人は……」

「ふふふ、『生徒会は強くなるのに最適よ』なんて言われたよ。そのほかにも色々言われたんだけど、おかげで僕がなりたい人というか像みたいなものが見えたんだ」

「なりたい像ね」

「うん。その像はね、強くて優しくて皆を助けてくれる凄く格好いい人なんだ。だから僕はそれに近づくために生徒会に入るよ」

彼は目を閉じて大きく息を吸い込む。そしてゆっくりと吐き出し目を開いた。

伊織に何があったのだろう。簡単な予想は出来るが、それは予想であって必ずしもそうではない。後で知ることはあるかも知れない。聞いてみれば教えてくれるかも知れない。

「はは、ははは……生徒会か。伊織にぴったりだと思うぜ？　こりゃうかうかしてらんねぇな」

「うん。覚悟しててね。僕は進むよ。一直線に。ツクヨミ学園ダンジョンも三十層が目前だ」

その目には強い意志がある。その体からあふれる魔力には力強さがある。

ああ、多分彼はゲームのマジエクで言う最初の『成長期』に入ったのだろう。

基礎の能力が上がり、スキルも覚え、アイテムも揃《そろ》いはじめ、色んなダンジョンを攻略出来るようになり、大きく成長できる条件が揃ったのだ。

来る。爆発的に強くなる、第一次成長が。

「幸助君は僕がなんでここに呼び出したか、分かる？」

それを聞いてわざとらしく肩をすくめた。

「何の事だろうなぁ、授業始まってんだけど……」

「それに関してはごめんだけど、幸助君は出ないでしょ？」

ははは、と二人で笑う。言うようになったじゃねぇか。

「もちろん呼んだ理由は分かってるぜ」

わざわざ午前の授業中というこの時間。誰も居ない校門の前。彼は俺と同じように決意したのだ。

「その道は険しいぜ？　どんな手でも使い、死に物狂いでなろうとする奴《やつ》がいるからな」

それが誰かなんて、お前になら言わなくても分かるだろう?

「うん。分かってるよ。でもちゃんと声にして伝えておきたいなって」

これから伊織が何を言おうとしているかは予想がついた。彼は再現しようとしているのだろう。俺の挑戦状を受けとるつもりなのだ。

ならば俺はどうしなければならないだろうか。いや、そんなの決まっているか。

彼は校舎の方に視線を向ける。

「僕がこの学園に来てからまだそんなに経ってないけど、来て本当に良かったと思ってる」

何かを思い出しているのだろうか。空を見て小さく息を吐く。

彼はイベントとストーリーの進行で、能力だけじゃ無く心も強くなった。普段の伊織ではない。なんだか頼りない、どこかかわいらしい伊織ではなかった。でもその伊織は、俺が知っている伊織だ。ゲームで飽きるほど見た伊織だ。

どんなに強いボスにだって、ヒロイン達のために立ち向かう主人公『聖《ひじり》伊織』だ。

「ここには成長するために最高の施設がそろってる。親身になってくれる先生がいる」

彼はかみしめるようにそう言った。

「信頼できる最高の仲間達がいる。強くなった自分を試すための、最高の舞台《ダンジョン》がある。そして何より……」

伊織は言葉を区切り俺を見つめた。

「目標であり、ライバルがいる」

俺も彼の思いに応えなければならない。だからこそストールに魔力を送り、それでもあふれる魔力を、これ以上無いぐらいにあたりにばらまく。

そしてニッと笑い、伊織を見下ろした。伊織はそんな俺を見ても表情を変えなかった。

「幸助君。僕は近いうちに四十層を攻略するよ。なぜだか分からないけれど、僕はそれが簡単にできるように思うんだ」

その真剣な眼差しをそらすことは許されない。

「ああ、お前は強くなるだろう。俺が予言してやる。想像を絶するような凄《すさ》まじい力を持つだろう」

「今度は僕がこの場所で宣言するよ」

さあ、不敵に笑え。俺は負けるつもりなどないのだから。

「ツクヨミ魔法学園で最強になるのは……この僕、聖伊織だ！」

あとがき

ごきげんよう。音信不通の入栖《いりす》です。生きてます。

——謝辞——

神《かん》奈《な》月《つき》昇《のぼる》先生。誠にありがとうございます、冗談抜きで常に感謝しております。

今回も素晴らしいイラストでした。アイヴィ、桜《さくら》さん、ギャビー、そしてオレンジ。全部が全部最高です！

ギャビーなんてもうラフ絵を見ただけで彼女の高笑いが聞こえるほどです。お兄様と呼ばれたい（心の声）。

緋《ひ》賀《が》ゆかり先生、いつもありがとうございます。美しいキャラクター描写だけでなく背景細部までこだわった作り、ちりばめられたネタの数々や遊び心、さらにはエロ。

全部が全部最高です。

もしコミックスをまだご覧になってない読者様がいらっしゃったら、是非見るべきかと思います。超ハイクオリティですよ。

またメインキャラだけでなく、モブキャラなんかも注目して貰《もら》いたいです。もうメインをはれるぐらい可愛《かわい》い！　ヤングエースＵＰにて連載中ですので是非是非。
また、コミックス一巻の発売が近づいて来たのでこちらも応援お願い致します！　告知に書きましたが豪華特典もあります！

みけおう先生。非常にエロ可愛い結花《ゆいか》をありがとうございます。
頂戴《ちょうだい》したイラストを見るだけで妄想が膨らみます……！　こんな妹に朝起こされでもしたらたまらないです。学校なんて行ってられません。

敏腕編集の宮川《みやかわ》様。いつも、いつもいつも大変ご迷惑をおかけしております。書き続けられるのは宮川様のおかげです。いらっしゃらなかったら四巻なんて出せなかったでしょう。誠にありがとうございます。

――告知――

コミカライズ版「マジエク」一巻は『２０２１年３月10日』発売です。
特典ですが、超有名声優さんがリュディに声をあててくれるようでして、悶絶《もんぜつ》級のボイス特典が完成しました。詳細は Twitter をご確認ください！
公式ツイッター https://twitter.com/Majieku_　(@majieku_)
是非購入をお願いします！

――その他、雑談――

ドラ○エⅤをご存じでしょうか。とても有名なゲームでプレイしたことの無い人でも、ああ、アレねとなる作品だと思います。映画にもなった奴《やつ》です。

このゲームには結婚というイベントがあり、その結婚した人と物語を進めていくことが出来ます。対象ヒロインは二人（リメイク版では一人追加されて三人）です。コレがファンに大きな論争を巻き起こしました。

結婚できるのは幼なじみのビア○カ、お嬢様のフロ○ラ（結婚後、お金や防具を貰える特典あり）です。初めてプレイしたとき悩む人がいらっしゃったのではないでしょうか。
私は悩むことすらできませんでした。

絶対に逆らえない神からお告げがあったのです。

姉「あたしビア○カにするからあんたフロ○ラね」

私「…………（開いた口が塞がらない）」

私はフロ○ラを選ばざるを得ませんでした。

正直に言えば私は幼なじみのビア○カが良かったんです。だって年上の美人お姉さんだし幼い頃に一緒にお化けの城に行って大冒険したんですよ。愛着もありましたし、なにより子供ながらビア○カにちょっと特別な感情を抱いていました。

でも私が姉に逆らえるわけがないじゃないですか。

さて、ここで私は懺悔《ざんげ》します。

結婚後、最初の頃はご想像の通りイヤでした。なんで私はフロ○ラと結婚なんだろうと。なんで貴族の結婚みたいなことをしなければならないの？　なんて。ですからフロ○ラもいやだったでしょう。こんな自分を思っていないクソ男と一緒に冒険なんか出来るかと。

しかしフロ○ラは結婚前にビア○カを気遣った事を言ってくれるわ、ぼっろぼろのターバンとマント姿の浮浪者寸前みたいな見た目であろう主人公に命を懸けて冒険についてきてくれるわ、いつだってこちらの事を気にかけてくれるすごくいい嫁なんです。

私は心を入れ替えました。こんなにもけなげに支えてくれる彼女になんてことをしていたんだと思いました。一生の不覚です。ちなみに入栖がお嬢様キャラが好きになったきっかけの一つです。つまり姉の所為《せい》です。次巻のギャビーお嬢様を楽しみにしててください。

さてビア○カ派は金、金、金！　騎士として恥ずかしくないのか！　なんて罵倒してきます。実際姉にも「お金や強い防具がただで貰えるからお得だよ」と金のことを言われました。いや、ならなんでお前ビア○カ選んだしと思いましたよ。口が裂けても言えません。

ただ私は金で選ぶんじゃないんです。確かに人によっては金も大事って意見もありますし、確かにそれは否定しません。悲しいことに現実は金が大切ですので。ですが私はお金が無かったとしてもフロ○ラを選びますよ、彼女の素晴らしさはってかページ数が足りな

入栖

雪音は 髪を下ろしたり
ポニーテールにしたりと、変化が
あって 描いてて 楽しいです。
神奈月昇.

マジカル★エクスプローラー
エロゲの友人《ゆうじん》キャラに転生《てんせい》したけど、ゲーム知識使《ちしきつか》って自由《じゆう》に生《い》きる4

著　入栖《いりす》

角川スニーカー文庫　22522

2021年２月１日　初版発行
2021年４月10日　再版発行

発行者　青柳昌行

発　行　株式会社KADOKAWA
〒102-8177 東京都千代田区富士見2-13-3
電話　0570-002-301（ナビダイヤル）

印刷所　株式会社暁印刷
製本所　株式会社ビルディング・ブックセンター

●お問い合わせ
https://www.kadokawa.co.jp/（「お問い合わせ」へお進みください）
※内容によっては、お答えできない場合があります。
※サポートは日本国内のみとさせていただきます。
※Japanese text only

Printed in Japan　ISBN 978-4-04-109542-3　C0193

★ご意見、ご感想をお送りください★
〒102-8177 東京都千代田区富士見 2-13-3
株式会社KADOKAWA　角川スニーカー文庫編集部気付
「入栖」先生
「神奈月 昇」先生

[スニーカー文庫公式サイト] ザ・スニーカーWEB　https://sneakerbunko.jp/

2021年初夏、発売予定!!

最新情報は特設サイトで!